Heinrich Böll

Wanderer, kommst du nach Spa . . .

Heinrich Böll

Wanderer, kommst du nach Spa...

Erzählungen

Langen Müller

Lizenzausgabe mit Genehmigung des
G. Middelhauve Verlag

Umschlagentwurf: Gerhard Hotop
Gesamtherstellung: May & Co., Darmstadt
Printed in Germany 1980
ISBN 3-7844-1583-0

Inhalt

Über die Brücke

Die Geschichte, die ich Ihnen erzählen will, hat eigentlich gar keinen Inhalt, vielleicht ist es gar keine Geschichte, aber ich muß sie Ihnen erzählen. Vor zehn Jahren spielte sich eine Art Vorgeschichte ab, und vor wenigen Tagen rundete sich das Bild ...

Denn vor wenigen Tagen fuhren wir über jene Brücke, die einst stark und breit war, eisern wie die Brust Bismarcks auf zahlreichen Denkmälern, unerschütterlich wie die Dienstvorschriften; es war eine breite, viergleisige Brücke über den Rhein und auf viele schwere Strompfeiler gestützt, und damals fuhr ich dreimal wöchentlich mit demselben Zug darüber: montags, mittwochs und samstags. Ich war damals Angestellter beim Reichsjagdgebrauchshundeverband; eine bescheidene Stellung, so eine Art Aktenschlepper. Ich verstand von Hunden natürlich nichts, ich bin ein ungebildeter Mensch. Ich fuhr dreimal in der Woche von Königstadt, wo unser Hauptbüro war, nach Gründerheim, wo wir eine Nebenstelle hatten. Dort holte ich dringende Korrespondenz, Gelder und »schwebende Fälle.« Letztere waren in einer großen gelben Mappe. Niemals erfuhr ich, was in der Mappe drin war, ich war ja nur Bote ...

Morgens ging ich gleich von zu Hause zum Bahnhof und fuhr mit dem Achtuhrzug nach Gründerheim. Die Fahrt dauerte dreiviertel Stunden. Ich hatte auch damals Angst, über die Brücke zu fahren. Alle technischen Versicherungen informierter Bekannter über die vielfache Tragfähigkeit einer Brücke nützten mir nichts, ich hatte einfach Angst: die bloße Verbindung von Eisenbahn und Brücke verursachte mir Angst; ich bin ehrlich genug, es zu gestehen. Der Rhein ist sehr breit bei uns. Mit einem leisen Bangen im Herzen nahm ich jedesmal das leise Schwanken der Brücke wahr, dieses schauerliche Wippen sechshundert Meter lang; dann kam endlich das vertrauenerweckende dumpfere Rattern, wenn wir wieder den Bahndamm erreicht hatten, und dann kamen Schrebergärten, viele Schrebergärten – und endlich, kurz vor Kahlenkatten, ein Haus: an dieses Haus klammerte ich mich gleichsam mit meinen Blicken. Dieses Haus stand auf der Erde; meine Augen stürzten sich auf das Haus. Das Haus hatte einen rötlichen Bewurf, war sehr sauber, die Umrandungen der Fenster und alle Sockel waren mit dunkelbrauner Farbe abgesetzt. Zwei Stockwerke, oben drei Fenster und unten zwei, in der Mitte die Tür, zu der eine Freitreppe von drei Stufen emporführte. Und jedesmal, wenn es nicht allzusehr regnete, saß auf dieser Freitreppe ein Kind, ein kleines Mädchen von neun oder zehn Jahren, ein spinnendürres Mädchen mit einer großen, sauberen Puppe im Arm, und blinzelte mißvergnügt zum Zuge herauf. Jedesmal fiel ich gleichsam mit meinen Blicken über das Kind, dann stolperte mein Blick ins linke Fenster, und dort sah ich jedesmal eine Frau, die, neben sich den Putzeimer, mühevoll nach unten gebückt war, den Scheuerlappen in den Händen hielt und putzte. Jedesmal, auch wenn es sehr, sehr regnete, auch wenn das Kind nicht dort auf der Treppe saß. Immer sah ich die Frau: einen mageren Nacken, an dem ich die Mutter des Mädchens erkannte, und dieses Hin- und Herbewegen des Scheuerlappens, diese typische Bewegung beim Putzen. Oft nahm ich mir vor, auch einmal die Möbel in Augenschein zu nehmen, oder die Gardinen, aber mein Blick saugte sich fest an dieser mageren, ewig putzenden Frau, und ehe ich mich besonnen hatte, war der Zug vorbeigefahren. Montags, mittwochs und samstags, es mußte jedesmal so gegen zehn Minuten nach acht sein, denn die Züge waren damals furchtbar pünktlich. Wenn der Zug dann vorbeigefahren war, blieb mir nur ein Blick auf die saubere Rückseite des Hauses, die stumm und verschlossen war.

Ich machte mir selbstverständlich Gedanken über diese Frau und dieses Haus. Alles andere am Wege des Zuges interessierte mich wenig. Kahlenkatten – Bröderkotten –

Suhlenheim – Gründerheim, diese Stationen bargen wenig Interessantes. Meine Gedanken spielten immer um jenes Haus. Warum putzt die Frau dreimal in der Woche, so dachte ich. Das Haus sah gar nicht so aus, als ob viel dort schmutzig gemacht würde; auch nicht, als ob dort viele Gäste ein und aus gingen. Es sah fast ungastlich aus, dieses Haus, obwohl es sauber war. Es war ein sauberes und doch unfreundliches Haus.

Wenn ich aber mit dem Elfuhrzug von Gründerheim wieder zurückfuhr und kurz vor zwölf hinter Kahlenkatten die Rückseite des Hauses sah, dann war die Frau dabei, im letzten Fenster rechts die Scheiben zu putzen. Seltsamerweise war sie montags und samstags am letzten Fenster rechts, und mittwochs war sie am mittleren Fenster. Sie hatte das Fensterleder in der Hand und rieb und rieb. Um den Kopf hatte sie ein Tuch von dumpfer, rötlicher Farbe. Das Mädchen sah ich aber bei der Rückfahrt nie, und nun, so gegen Mittag – es muß so kurz vor zwölf gewesen sein, denn die Züge waren damals furchtbar pünktlich –, war die Vorderseite des Hauses stumm und verschlossen.

Obwohl ich mich bei meiner Geschichte bemühen will, nur das zu beschreiben, was ich wirklich sah, so sei doch die bescheidene Andeutung gestattet, daß die Frau wahrscheinlich dienstags, donnerstags und freitags die anderen Fenster putzte. Diese Kombination, so bescheiden sie auch war, wurde allmählich zur fixen Idee. Manchmal grübelte ich den ganzen Weg von kurz vor Kahlenkatten bis Gründerheim darüber nach, an welchen Nachmittagen und Vormittagen wohl die anderen Fenster der beiden Stockwerke geputzt würden. Ja – ich setzte mich hin und machte mir schriftlich eine Art Putzplan. Ich versuchte aus dem, was ich an drei Vormittagen beobachtet hatte, zusammenzustellen, was an den übrigen drei Nachmittagen und vollen Tagen wohl geputzt würde. Denn ich hatte die seltsam fixe Vorstellung, daß die Frau dauernd beim Putzen war. Ich sah sie ja nie anders, immer nur gebückt, mühevoll gebückt, so

daß ich sie keuchen zu hören glaubte – um zehn Minuten nach acht; und eifrig reibend mit dem Fensterleder, so daß ich oft die Spitze ihrer Zunge zwischen den zusammengepreßten Lippen zu sehen glaubte – kurz vor zwölf.
Die Geschichte dieses Hauses verfolgte mich. Ich wurde nachdenklich. Das machte mich nachlässig im Dienst. Ja, ich ließ nach. Ich grübelte zu viel. Eines Tages vergaß ich sogar die Mappe »schwebende Fälle«. Ich zog mir den Zorn des Bezirkschefs des Reichsjagdgebrauchshundverbandes zu; er zitierte mich zu sich; er zitterte vor Ärger. »Grabowski«, sagte er zu mir, »ich hörte, Sie haben die ›schwebenden Fälle‹ vergessen. Dienst ist Dienst, Grabowski.« Da ich verstockt schwieg, wurde der Chef strenger. »Bote Grabowski, ich warne Sie. Der Reichsjagdgebrauchshundverband kann keine vergeßlichen Leute gebrauchen, verstehen Sie, wir können uns nach qualifizierteren Leuten umsehen.« Er blickte mich drohend an, aber dann wurde er plötzlich menschlich. »Haben Sie persönliche Sorgen?« Ich gestand leise: »Ja.« »Was ist es?« fragte er milde. Ich schüttelte nur den Kopf. »Kann ich Ihnen helfen? – Womit?«
»Geben Sie mir einen Tag frei, Herr Direktor«, bat ich schüchtern, »sonst nichts.« Er nickte großzügig. »Erledigt! Und nehmen Sie meine Worte nicht allzu ernst. Jeder kann einmal etwas vergessen, sonst waren wir ja zufrieden mit Ihnen . . .«
Mein Herz aber jubelte. Diese Unterredung fand an einem Mittwoch statt. Und den nächsten Tag, Donnerstag, sollte ich frei haben. Ich wollte es ganz geschickt machen. Ich fuhr mit dem Achtuhrzug, zitterte mehr vor Ungeduld als vor Angst, als wir über die Brücke fuhren: Sie war dabei, die Freitreppe zu putzen. Mit dem nächsten Gegenzug fuhr ich von Kahlenkatten wieder zurück und kam so gegen neun Uhr an ihrem Hause wieder vorbei: oberstes Stockwerk, mittleres Fenster, Vorderfront. Ich fuhr viermal hin und zurück an diesem Tage und hatte den ganzen Donnerstags-

plan fertig: Freitreppe, mittleres Fenster Vorderfront, mittleres Fenster oberes Stockwerk Hinterfront, Boden, vordere Stube oben. Als ich zum letzten Male um sechs Uhr das Haus passierte, sah ich einen kleinen gebückten Mann mit bescheidenen Bewegungen im Garten arbeiten. Das Kind, die saubere Puppe im Arm, blickte ihm zu wie eine Wächterin. Die Frau war nicht zu sehen . . .

Aber das alles spielte sich vor zehn Jahren ab. Vor einigen Tagen fuhr ich wieder über jene Brücke. Mein Gott, wie gedankenlos war ich in Königstadt in den Zug gestiegen! Ich hatte die ganze Geschichte vergessen. Wir fuhren mit einem Zug aus Güterwagen, und als wir uns dem Rhein näherten, geschah etwas Seltsames: Ein Waggon vor uns verstummte nach dem anderen; es war ganz merkwürdig, so als sei der ganze Zug von fünfzehn oder zwanzig Waggons wie eine Reihe von Lichtern, von denen nun eins nach dem andern erlosch. Und wir hörten ein scheußliches, hohles Rattern, ein ganz windiges Rattern; und plötzlich war es, als werde mit kleinen Hämmern unter den Boden unseres Waggons geklopft, und auch wir verstummten und sahen es: nichts . . . nichts; links und rechts von uns war nichts, eine gräßliche Leere . . . ferne sah man die Uferwiesen des Rheines . . . Schiffe . . . Wasser, aber der Blick wagte sich gleichsam nicht zu weit hinaus: Der Blick sogar schwindelte. Nichts, einfach nichts! Am Gesicht einer blassen, stummen Bauernfrau sah ich, daß sie betete, andere steckten sich mit zitternden Händen Zigaretten an; sogar die Skatspieler in der Ecke waren verstummt . . .

Dann hörten wir, daß die vorderen Wagen schon wieder auf festem Boden fuhren, und wir dachten alle das gleiche: die haben es hinter sich. Wenn uns etwas passiert, die können vielleicht abspringen, aber wir, wir fuhren im vorletzten Wagen, und es war fast sicher, daß wir abstürzen würden. Die Gewißheit stand in unseren Augen und in unseren blassen Gesichtern. Die Brücke war ebenso breit wie der Schienenstrang, ja, der Schienenstrang selbst war die

Brücke, und der Rand des Wagens ragte noch über die Brücke hinaus ins Nichts, und die Brücke wankte, als wolle sie uns abwippen ins Nichts . . .

Aber dann kam plötzlich ein solideres Rattern, wir hörten es näher kommen, ganz deutlich, und dann wurde es auch unter unserem Wagen gleichsam dunkler und fester, dieses Rattern, wir atmeten auf und wagten einen Blick hinaus: Da waren Schrebergärten! Oh, Gott segne die Schrebergärten! Aber dann erkannte ich plötzlich die Gegend, mein Herz zitterte seltsam, je näher wir Kahlenkatten kamen. Für mich gab es nur eine Frage: würde jenes Haus noch dort stehen? Und dann sah ich es; erst von ferne durch das zarte, dünne Grün einiger Bäume in den Schrebergärten, die rote, immer noch saubere Fassade des Hauses, die näher und näher kam. Eine namenlose Erregung ergriff mich; alles, alles, was damals vor zehn Jahren gewesen war, und alles, was dazwischen gewesen war, tobte wie ein wildes, reißendes Durcheinander in mir. Und dann kam das Haus mit Riesenschritten ganz nahe, und dann sah ich sie, die Frau: sie putzte die Freitreppe. Nein, sie war es nicht, die Beine waren jünger, etwas dicker, aber sie hatte die gleichen Bewegungen, die eckigen, ruckartigen Bewegungen beim Hin- und Herbewegen des Scheuerlappens. Mein Herz stand ganz still, mein Herz trat auf der Stelle. Dann wandte die Frau nur einen Augenblick das Gesicht, und ich erkannte sofort das kleine Mädchen von damals; dieses spinnenartige, mürrische Gesicht, und im Ausdruck ihres Gesichtes etwas Säuerliches, etwas häßlich Säuerliches wie von abgestandenem Salat . . .

Als mein Herz langsam wieder zu klopfen anfing, fiel mir ein, daß an diesem Tage wirklich Donnerstag war . . .

Kumpel mit dem langen Haar

Es war merkwürdig: Genau fünf Minuten, bevor die Razzia losging, beschlich mich ein Gefühl der Unsicherheit . . . ich blickte scheu um mich, ging dann langsam am Rhein vorbei auf den Bahnhof zu, und ich war gar nicht erstaunt, als ich auch schon die kleinen Flitzer mit den rotbemützten Polizisten heranrasen sah, die das Häuserviertel umstellten, absperrten und zu untersuchen begannen. Es ging unheimlich schnell. Ich stand gerade außerhalb des Kreises und steckte mir ruhig eine Zigarette an. Es ging alles so lautlos. Viele Zigaretten flogen auf die Erde. Schade . . . dachte ich und machte unwillkürlich einen kleinen Überschlag, wieviel bares Geld da wohl auf der Erde lag. Der Lastwagen füllte sich schnell mit denen, die sie geschnappt hatten. Franz war auch dabei . . . er machte mir von weitem eine hoffnungslose Geste, die soviel bedeuten sollte wie: Schicksal. Einer der Polizisten drehte sich nach mir um. Da ging ich weg. Aber langsam, ganz langsam. Mein Gott, sollten sie mich doch mitnehmen!

Ich hatte keine Lust mehr, auf meine Bude zu gehen, so schlenderte ich langsam weiter zum Bahnhof. Ich schlug mit meinem Stock ein kleines Steinchen aus dem Weg. Die Sonne schien warm, und vom Rhein her kam ein kühler, sanfter Wind.

Im Wartesaal gab ich Fritz, dem Kellner, die zweihundert Zigaretten und steckte das Geld in die hintere Tasche. Nun war ich ganz ohne Ware, nur eine Packung für mich hatte ich noch. Dann fand ich im Gedränge schließlich doch noch einen Platz und bestellte mir Fleischbrühe und etwas Brot. Und wieder sah ich von weitem Fritz winken, aber ich hatte keine Lust aufzustehen. Da kam er eilig auf mich zu. Hinter ihm sah ich den kleinen Mausbach, den Schlepper; sie schienen beide ziemlich aufgeregt zu sein. »Mensch, hast du eine Ruhe«, murmelte Fritz, dann ging er kopfschüttelnd weg und machte dem kleinen Mausbach Platz.

Der war ganz außer Atem. »Du«, stotterte er, »du . . . mußt verduften . . . sie haben deine Bude untersucht und den Koks gefunden . . . Mensch!« Er verschluckte sich fast. Ich klopfte ihm beruhigend auf die Schulter und gab ihm zwanzig Mark. »Es ist gut«, sagte ich – und er trollte davon. Da aber fiel mir noch etwas ein, und ich rief ihn zurück. »Hör mal, Heini«, sagte ich, »wenn du die Bücher und den Mantel, die in meiner Bude sind, irgendwo sicherstellen könntest . . . ich komme in vierzehn Tagen mal wieder vorbei, ja? . . . was sonst noch von mir ist, kannst du behalten.« Er nickte. Ich würde mich auf ihn verlassen können. Das wußte ich.

Schade . . . dachte ich wieder . . . achttausend Mark zum Teufel . . . nirgendwo, nirgendwo war man sicher . . .

Ein paar neugierige Blicke streiften mich, während ich mich langsam wieder hinsetzte und gleichgültig nach meiner Tasche griff. Dann schlug das Summen der Menge um mich zusammen, und ich wußte, nirgendwo hätte ich so wunderbar allein sein können mit meinen Gedanken wie hier, mitten im Gedränge und im kreisenden Trubel des Wartesaales.

Mit einem Male spürte ich, daß meine Augen, die, ohne irgend etwas zu sehen, fast automatisch rundgingen, immer am gleichen Fleck haftenblieben, als würden sie gegen meinen Willen dort gebannt. Immer wieder im Kreisen meines gleichgültigen Blickes war da eine Stelle, wo sie stockten und dann hastig weiterglitten. Ich erwachte wie aus einem Schlaf und blickte nun sehend dorthin. Zwei Tische von mir entfernt saß ein junges Mädchen in einem hellen Mantel mit einer gelblichbraunen Mütze auf dem schwarzen Haar, und las in einer Zeitung. Ich sah nur ihre etwas zusammengekrümmte hockende Gestalt, ein winziges Stück ihrer Nase und die schmalen, ganz ruhigen Hände. Auch die Beine sah ich, schöne, schlanke und . . . ja, saubere Beine. Ich weiß nicht, wie lange ich sie angestarrt habe, manchmal sah ich flüchtig die schmale Scheibe ihres Gesichts, wenn sie

ein Blatt wendete. Plötzlich hob sie den Kopf und sah mich einen Augenblick voll an, mit großen grauen Augen, ernst und gleichgültig, dann las sie weiter.
Dieser kurze Blick hatte mich getroffen.
Geduldig und doch mit klopfendem Herzen hielt ich sie mit meinen Augen fest, bis sie endlich die Zeitung ausgelesen hatte, sich auf den Tisch stützte und mit einer merkwürdig verzweifelten Geste an ihrem Bierglas nippte.
Nun konnte ich auch ihr ganzes Gesicht sehen. Blaß war sie, ganz blaß, ein schmaler, kleiner Mund und eine gerade, edle Nase . . . aber die Augen, diese großen, ernsten, grauen Augen! Wie ein Vorhang der Trauer hing ihr das schwarze Haar in langen Locken auf die Schulter.
Ich weiß nicht, wie lange ich sie anstarrte, waren es zwanzig Minuten, eine Stunde oder mehr. Während sie immer unruhiger, immer kürzer mein Gesicht mit ihrem traurigen Blick streifte, war nicht diese Empörung in ihrem Gesicht, die man sonst bei jungen Mädchen in solchen Fällen findet. Unruhe ja . . . und Angst.
Ach, ich wollte sie ja gar nicht unruhig und ängstlich machen, aber ich konnte meinen Blick nicht von ihr lassen.
Sie stand schließlich hastig auf, hing sich einen alten Brotbeutel um und verließ schnell den Wartesaal. Ich folgte ihr. Ohne sich umzuwenden, ging sie die Treppe hinauf auf die Sperre zu. Ich hielt sie fest, fest in der Linie meines Blickes, während ich schnell im Vorübergehen eine Bahnsteigkarte löste. Sie hatte einen großen Vorsprung gewonnen, und ich mußte meinen Stock unter den Arm klemmen und ein wenig zu laufen versuchen. Fast hätte ich sie verloren in dem düsteren Schacht, der zum Bahnsteig hochführte. Ich fand sie oben gegen die Reste eines zertrümmerten Wartehäuschens gelehnt. Starr sah sie auf die Schienen. Nicht *ein* Mal wandte sie sich um.
Vom Rhein her fuhr ein kühler Wind quer in die Halle. Der Abend kam. Viele Leute mit Packen und Rucksäcken, Kisten und Koffern standen mit gehetzten Gesichtern auf

dem Bahnsteig. Sie wandten erschreckt die Köpfe in die Richtung, woher der Wind kam, und fröstelten. Dunkelblau und ruhig gähnte vorne der große Halbkreis des Himmels, vom eisernen Gitterwerk der Halle durchstoßen.

Langsam humpelte ich auf und ab, manchmal mit einem Blick mich der Gegenwart des Mädchens vergewissernd. Aber immer, immer stand sie so da, mit durchgedrückten Beinen an den Mauerrest gestützt, die Augen auf die flache, schwarze Mulde gerichtet, in der der blanke Schienenstrang verlief.

Endlich kroch der Zug langsam rückwärts in die Halle. Während ich der Lokomotive entgegensah, war das Mädchen auf den einfahrenden Zug gesprungen und in einem Abteil verschwunden. Ich sah sie für Minuten nicht mehr in all den Knäueln von drängenden Menschen vor den Abteilen. Bald jedoch entdeckte ich die gelbliche Mütze im letzten Waggon. Ich stieg ein und setzte mich ihr gerade gegenüber, so nahe, daß unsere Knie sich fast berührten. Als sie mich anblickte, ganz ernst und ruhig, nur die Brauen etwas zusammengezogen, da las ich es in ihren großen grauen Augen: sie wußte, daß ich die ganze Zeit über hinter ihr gewesen war. Immer wieder hingen meine Blicke hilflos an ihrem Gesicht, während der Zug in den sinkenden Abend fuhr. Ich brachte kein Wort über meine Lippen. Die Felder versanken, und die Dörfer wurden von der Nacht allmählich eingehüllt. Ich fror. Wo würde ich diese Nacht schlafen, dachte ich ... wo einmal wieder nur etwas zur Ruhe kommen. Ach, könnte ich doch mein Gesicht in diesen schwarzen Haaren verbergen. Nichts, sonst nichts ... Ich zündete mir eine Zigarette an. Da warf sie einen flüchtigen, aber merkwürdig wachen Blick auf die Packung. Ich hielt sie ihr einfach hin und sagte mit rauher Stimme: »Bitte«, und es schien mir, als müsse mein Herz aus dem Halse springen. Sie zögerte eine halbe Sekunde, und ich sah trotz der Dunkelheit, daß sie flüchtig errötete. Dann griff sie zu. Sie rauchte mit tiefen, hungrigen Zügen

»Sie sind sehr großzügig«, ihre Stimme war dunkel und spröde. Als dann der Schaffner im Nebenabteil zu hören war, warfen wir uns wie auf Kommando zurück und stellten uns schlafend in unseren Ecken. Ich sah jedoch durch meine Lider, daß sie lachte. Ich beobachtete den Schaffner, der mit seiner grellen Lampe die Fahrkarten beleuchtete und zeichnete. Und dann fiel der Schein mir mitten ins Gesicht. Ich spürte an dem Zittern des Lichtes, daß er zögerte. Dann fiel der Schein auf sie. Ach, wie blaß sie war und wie traurig die weiße Fläche ihrer Stirn.

Eine dicke Frau, die neben mir saß, zupfte den Schaffner am Ärmel und flüsterte ihm etwas ins Ohr, von dem ich verstand: »Ami-Zigaretten ... schwarzfahren ...« Da stieß mich der Schaffner böse in die Seite.

Es war ganz still im Abteil, als ich sie leise fragte, wohin sie fahren wollte. Sie nannte einen Ort. Ich löste zwei Fahrkarten dorthin und zahlte die Strafe. Eisig und verächtlich war das Schweigen der Leute, als der Schaffner gegangen war. Ihre Stimme aber war so seltsam, warm und doch spöttisch, als sie mich fragte:

»Wollen Sie denn auch dorthin?«

»Oh, ich kann ganz gut dorthin fahren. Ich habe ein paar Freunde dort. Eine feste Bleibe habe ich nicht ...«

»So«, sagte sie nur ... dann sank sie zurück, und in der tiefen Dunkelheit sah ich nur manchmal ihr Gesicht, wenn draußen eine Lampe vorüberhuschte.

Es war ganz finster geworden, als wir ausstiegen. Dunkel und warm. Und als wir aus dem Bahnhof traten, schlief das kleine Städtchen schon fest. Ruhig und geborgen atmeten die kleinen Häuser unter den sanften Bäumen. »Ich begleite Sie«, sagte ich heiser, »es ist so furchtbar finster ...«

Da blieb sie plötzlich stehen. Es war unter einer Lampe. Sie blickte mich ganz starr an und sagte mit gepreßtem Mund: »Wüßte ich nur, wohin?« Ihr Gesicht bewegte sich leise wie ein Tuch, worüber der Wind streicht. Nein, wir küßten uns nicht ... Wir gingen langsam aus der Stadt heraus und krochen schließlich in einen Heuschober. Ach, ich hatte keine Freunde in dieser stillen Stadt, die mir so fremd war wie alle anderen. Als es kühl wurde, gegen Morgen, kroch ich ganz nahe zu ihr, und sie deckte einen Teil ihres dünnen Mäntelchens über mich. So wärmten wir uns mit unserem Atem und unserem Blut.

Seitdem sind wir zusammen – in dieser Zeit.

Der Mann mit den Messern

Jupp hielt das Messer vorne an der Spitze der Schneide und ließ es lässig wippen, es war ein langes, dünngeschliffenes Brotmesser, und man sah, daß es scharf war. Mit einem plötzlichen Ruck warf er das Messer hoch, es schraubte sich mit einem propellerartigen Surren hinauf, während die blanke Schneide in einem Bündel letzter Sonnenstrahlen wie ein goldener Fisch flimmerte, schlug oben an, verlor seine Schwingung und sauste scharf und gerade auf Jupps Kopf hinunter; Jupp hatte blitzschnell einen Holzklotz auf seinen Kopf gelegt; das Messer pflanzte sich mit einem Ratsch fest und blieb dann schwankend haften. Jupp nahm den Klotz vom Kopf, löste das Messer und warf es mit einem ärgerlichen Zucken in die Tür, wo es in der Füllung nachzitterte, ehe es langsam auspendelte und zu Boden fiel . . .

»Zum Kotzen«, sagte Jupp leise. »Ich bin von der einleuchtenden Voraussetzung ausgegangen, daß die Leute, wenn sie an der Kasse ihr Geld bezahlt haben, am liebsten solche Nummern sehen, wo Gesundheit oder Leben auf dem Spiel stehen – genau wie im römischen Zirkus –, sie wollen wenigstens wissen, daß Blut fließen *könnte*, verstehst du?« Er hob das Messer auf und warf es mit einem knappen Schwingen des Armes in die oberste Fenstersprosse, so heftig, daß die Scheiben klirrten und aus dem bröckeligen Kitt zu fallen drohten. Dieser Wurf – sicher und herrisch – erinnerte mich an jene düsteren Stunden der Vergangenheit, wo er sein Taschenmesser die Bunkerpfosten hatte hinauf- und hinunterklettern lassen. »Ich will ja alles tun«, fuhr er fort, »um den Herrschaften einen Kitzel zu verschaffen. Ich will mir die Ohren abschneiden, aber es findet sich leider keiner, der sie mir wieder ankleben könnte. Komm mal mit.« Er riß die Tür auf, ließ mich vorgehen, und wir traten ins Treppenhaus, wo die Tapetenfetzen nur noch an jenen Stellen hafteten, wo man sie der

Stärke des Leimes wegen nicht hatte abreißen können, um den Ofen mit ihnen anzuzünden. Dann durchschritten wir ein verkommenes Badezimmer und kamen auf eine Art Terrasse, deren Beton brüchig und von Moos bewachsen war.

Jupp deutete in die Luft.

»Die Sache wirkt natürlich besser, je höher das Messer fliegt. Aber ich brauche oben einen Widerstand, wo das Ding gegenschlägt und seinen Schwung verliert, damit es recht scharf und gerade heruntersaust auf meinen nutzlosen Schädel. Sie mal.« Er zeigte nach oben, wo das Eisenträgergerüst eines verfallenen Balkons in die Luft ragte.

»Hier habe ich trainiert. Ein ganzes Jahr. Paß auf!« Er ließ das Messer hochsausen, es stieg mit einer wunderbaren Regelmäßigkeit und Stetigkeit, es schien sanft und mühelos zu klettern wie ein Vogel, schlug dann gegen einen der Träger, raste mit einer atemberaubenden Schnelligkeit herunter und schlug heftig in den Holzklotz. Der Schlag allein mußte schwer zu ertragen sein. Jupp zuckte mit keiner Wimper. Das Messer hatte sich einige Zentimeter tief ins Holz gepflanzt.

»Das ist doch prachtvoll, Mensch«, rief ich, »das ist doch ganz toll, das müssen sie doch anerkennen, das ist doch eine Nummer!«

Jupp löste das Messer gleichgültig aus dem Holz, packte es am Griff und hieb in die Luft.

»Sie erkennen es ja an, sie geben mir zwölf Mark für den Abend, und ich darf zwischen größeren Nummern ein bißchen mit dem Messer spielen. Aber die Nummer ist zu schlicht. Ein Mann, ein Messer, ein Holzklotz, verstehst du? Ich müßte ein halbnacktes Weib haben, dem ich die Messer haarscharf an der Nase vorbeiflitzen lasse. Dann würden sie jubeln. Aber such solch ein Weib!«

Er ging voran, und wir traten in sein Zimmer zurück. Er legte das Messer vorsichtig auf den Tisch, den Holzklotz daneben und rieb sich die Hände. Dann setzten wir uns auf die Kiste neben dem Ofen und schwiegen. Ich nahm mein Brot aus der Tasche und fragte: »Darf ich dich einladen?«

»O gern, aber ich will Kaffee kochen. Dann gehst du mit und siehst dir meinen Auftritt an.«

Er legte Holz auf und setzte den Topf über die offene Feuerung. »Es ist zum Verzweifeln«, sagte er, »ich glaube, ich sehe zu ernst aus, vielleicht noch ein bißchen nach Feldwebel, was?«

»Unsinn, du bist ja nie ein Feldwebel gewesen. Lächelst du, wenn sie klatschen?«

»Klar – und ich verbeuge mich.«

»Ich könnt's nicht. Ich könnt' nicht auf 'nem Friedhof lächeln.«

»Das ist ein großer Fehler, gerade auf 'nem Friedhof muß man lächeln.«

»Ich versteh dich nicht.«

»Weil sie ja nicht tot sind. Keiner ist tot, verstehst du?«

»Ich versteh schon, aber ich glaub's nicht.«

»Bist eben doch noch ein bißchen Oberleutnant. Na, das dauert eben länger, ist klar. Mein Gott, ich freu mich, wenn's ihnen Spaß macht. Sie sind erloschen, und ich kitzele sie ein bißchen und laß mir's bezahlen. Vielleicht wird einer, ein einziger nach Hause gehen und mich nicht vergessen. ›Der mit dem Messer, verdammt, der hatte keine Angst, und ich hab immer Angst, verdammt‹, wird er vielleicht sagen, denn sie haben alle immer Angst. Sie schleppen die Angst hinter sich wie einen schweren Schatten, und ich freu mich, wenn sie's vergessen und ein bißchen lachen. Ist das kein Grund zum Lächeln?«

Ich schwieg und lauerte auf das Brodeln des Wassers. Jupp goß ich dem braunen Blechtopf auf, und dann tranken wir abwechselnd aus dem braunen Blechtopf und aßen mein Brot dazu. Draußen begann es leise zu dämmern, und es floß wie eine sanfte graue Milch ins Zimmer.

»Was machst *du* eigentlich?« fragte Jupp mich.

»Nichts . . . ich schlage mich durch.«

»Ein schwerer Beruf.«

»Ja – für das Brot habe ich hundert Steine suchen und klopfen müssen. Gelegenheitsarbeiter.«

»Hm . . . hast du Lust, noch eins meiner Kunststücke zu sehen?« Er stand auf, da ich nickte, knipste das Licht an und ging zur Wand, wo er einen teppichartigen Behang beiseite schob; auf der rötlich getünchten Wand wurden die mit Kohle grob gezeichneten Umrisse eines Mannes sichtbar: eine sonderbare, beulenartige Erhöhung, dort wo der Schädel sein mußte, sollte wohl einen Hut darstellen. Bei näherem Zusehen sah ich, daß er auf eine geschickt getarnte Tür gezeichnet war. Ich beobachtete gespannt, wie Jupp nun unter seiner kümmerlichen Liegestatt einen hübschen braunen Koffer hervorzog, den er auf den Tisch stellte. Bevor er ihn öffnete, kam er auf mich zu und legte vier Kippen vor mich hin. »Dreh zwei dünne davon«, sagte er.

Ich wechselte meinen Platz, so daß ich ihn sehen konnte und zugleich mehr von der milden Wärme des Ofens bestrahlt wurde. Während ich die Kippen behutsam öffnete, indem ich mein Brotpapier als Unterlage benutzte, hatte Jupp das Schloß des Koffers aufspringen lassen und ein seltsames Etui hervorgezogen; es war eines jener mit vielen Taschen benähten Stoffetuis, in denen unsere Mütter ihr Aussteuerbesteck aufzubewahren pflegten. Er knüpfte flink die Schnur auf, ließ das zusammengerollte Bündel über den Tisch aufgleiten, und es zeigte sich ein Dutzend Messer mit hölzernen Griffen, die in der Zeit, wo unsere Mütter Walzer tanzten, »Jagdbesteck« genannt worden waren.

Ich verteilte den gewonnenen Tabak gerecht auf zwei Blättchen und rollte die Zigaretten. »Hier«, sagte ich.

»Hier«, sagte auch Jupp und: »Danke.« Dann zeigte er mir das Etui ganz.

»Das ist das einzige, was ich vom Besitz meiner Eltern gerettet habe. Alles verbrannt, verschüttet, und der Rest gestohlen. Als ich elend und zerlumpt aus der Gefangenschaft kam, besaß ich nichts – bis eines Tages eine vornehme alte Dame, Bekannte meiner Mutter, mich ausfindig gemacht hatte und mir dieses hübsche kleine Köfferchen überbrachte. Wenige Tage, bevor sie von den Bomben getötet wurde, hatte meine Mutter dieses kleine Ding bei ihr sichergestellt, und es war gerettet worden. Seltsam. Nicht wahr? Aber wir wissen ja, daß die Leute, wenn sie die Angst des Untergangs ergriffen hat, die merkwürdigsten Dinge zu retten versuchen. Nie das Notwendige. Ich besaß also jetzt immerhin den Inhalt dieses kleinen Koffers: den braunen Blechtopf, zwölf Gabeln, zwölf Messer und zwölf Löffel und das große Brotmesser. Ich verkaufte Löffel und Gabeln, lebte ein Jahr davon und trainierte mit den Messern, dreizehn Messern. Paß auf ...«

Ich reichte ihm den Fidibus, an dem ich meine Zigarette entzündet hatte. Jupp klebte die Zigarette an seine Unterlippe, befestigte die Schnur des Etuis an einem Knopf seiner Jacke oben an der Schulter und ließ das Etui auf seinem Arm abrollen, den es wie ein merkwürdiger Kriegsschmuck bedeckte. Dann entnahm er mit einer unglaublichen Schnelligkeit die Messer dem Etui, und noch ehe ich mir über seine Handgriffe klargeworden war, warf er sie blitzschnell alle zwölf gegen den schattenhaften Mann an der Tür, der jenen grauenhaft schwankenden Gestalten ähnelte, die uns gegen Ende des Krieges als Vorboten des Untergangs von allen Plakatsäulen, aus allen möglichen Ecken entgegenschaukelten. Zwei Messer saßen im Hut des Mannes, je zwei über der Schulter, und die anderen zu je dreien an den hängenden Armen entlang ...

»Toll!« rief ich. »Toll! Aber das ist doch eine Nummer, mit ein bißchen Untermalung.«

»Fehlt nur der Mann, besser noch das Weib. Ach«, er pflückte die Messer wieder aus der Tür und steckte sie sorgsam ins Etui zurück. »Es findet sich ja niemand. Die Weiber sind zu bange, und die Männer sind zu teuer. Ich kann's ja verstehen, ist ein gefährliches Stück.«

Er schleuderte nun die Messer wieder blitzschnell so, daß der ganze schwarze Mann mit einer genialen Symmetrie genau in zwei Hälften geteilt war. Das dreizehnte große Messer stak wie ein tödlicher Pfeil dort, wo das Herz des Mannes hätte sein müssen.
Jupp zog noch einmal an dem dünnen, mit Tabak gefüllten Papierröllchen und warf den spärlichen Rest hinter den Ofen.
»Komm«, sagte er, »ich glaub, wir müssen gehen.« Er steckte den Kopf zum Fenster raus, murmelte irgend etwas von »verdammtem Regen« und sagte dann: »Es ist ein paar Minuten vor acht, um halb neun ist mein Auftritt.«
Während er die Messer wieder in den kleinen Lederkoffer packte, hielt ich mein Gesicht zum Fenster hinaus. Verfallene Villen schienen im Regen leise zu wimmern, und hinter einer Wand scheinbar schwankender Pappeln hörte ich das Kreischen der Straßenbahn. Aber ich konnte nirgendwo eine Uhr entdecken.
»Woher weißt du denn die Zeit?«
»Aus dem Gefühl – das gehört mit zu meinem Training.«
Ich blickte ihn verständnislos an. Er half erst mir in den Mantel und zog dann seine Windjacke über. Meine Schulter ist ein wenig gelähmt, und über einen beschränkten Radius hinaus kann ich die Arme nicht bewegen, es genügt gerade zum Steineklopfen. Wir setzten die Mützen auf und traten in den düsteren Flur, und ich war nun froh, irgendwo im Hause wenigstens Stimmen zu hören, Lachen und gedämpftes Gemurmel.
»Es ist so«, sagte Jupp im Hinuntersteigen, »ich habe mich bemüht, gewissen kosmischen Gesetzen auf die Spur zu kommen. So.« Er setzte den Koffer auf einen Treppenabsatz und streckte die Arme seitlich aus, wie auf manchen antiken Bildern Ikarus abgebildet ist, als er zum fliegenden Sprung ansetzt. Auf seinem nüchternen Gesicht erschien etwas seltsam Kühl-Träumerisches, etwas halb Besessenes und halb Kaltes, Magisches, das mich maßlos erschreckte.

»So«, sagte er leise, »ich greife einfach hinein in die Atmosphäre, und ich spüre, wie meine Hände länger und länger werden und wie sie hinaufgreifen in einen Raum, in dem andere Gesetze gültig sind, sie stoßen durch eine Decke, und dort oben liegen seltsame, bezaubernde Spannungen, die ich greife, einfach greife . . . und dann zerre ich ihre Gesetze, packe sie, halb räuberisch, halb wollüstig, und nehme sie mit!« Seine Hände krampften sich, und er zog sie ganz nahe an den Leib. »Komm«, sagte er, und sein Gesicht war wieder nüchtern. Ich folgte ihm benommen . . .

Es war ein leiser, stetiger und kühler Regen draußen. Wir klappten die Kragen hoch und zogen uns fröstelnd in uns selbst zurück. Der Nebel der Dämmerung strömte durch die Straßen, schon gefärbt mit der bläulichen Dunkelheit der Nacht. In manchen Kellern der zerstörten Villen brannte ein kümmerliches Licht unter dem überragenden schwarzen Gewicht einer riesigen Ruine. Unmerklich ging die Straße in einen schlammigen Feldweg über, wo links und rechts in der dichtgewordenen Dämmerung düstere Bretterbuden in den mageren Gärten zu schwimmen schienen wie drohende Dschunken auf einem seichten Flußarm. Dann kreuzten wir die Straßenbahn, tauchten unter in den engen Schächten der Vorstadt, wo zwischen Schutt- und Müllhalden einige Häuser im Schmutz übriggeblieben sind, bis wir plötzlich auf eine sehr belebte Straße stießen; ein Stück weit ließen wir uns vom Strom der Menge mittragen und bogen dann in die dunkle Quergasse, wo die grelle Lichtreklame der »Sieben Mühlen« sich im glitzernden Asphalt spiegelte.

Das Portal zum Varieté war leer. Die Vorstellung hatte längst begonnen, und durch schäbigrote Portieren hindurch erreichte uns der summende Lärm der Menge.

Jupp zeigte lachend auf ein Foto in den Aushängekästen, wo er in einem Cowboykostüm zwischen zwei süß lächelnden Tänzerinnen hing, deren Brüste mit schillerndem Flitter bespannt waren.

»Der Mann mit den Messern« stand darunter.
»Komm«, sagte Jupp wieder, und ehe ich mich besonnen hatte, war ich in einen schlecht erkennbaren schmalen Eingang gezerrt. Wir erstiegen eine enge Wendeltreppe, die nur spärlich beleuchtet war und wo der Geruch von Schweiß und Schminke die Nähe der Bühne anzeigte. Jupp ging vor mir – und plötzlich blieb er in einer Biegung der Treppe stehen, packte mich an den Schultern, nachdem er wieder den Koffer abgesetzt hatte, und fragte mich leise: »Hast du Mut?«
Ich hatte diese Frage schon so lange erwartet, daß mich ihre Plötzlichkeit nun erschreckte. Ich mag nicht sehr mutig ausgesehen haben, als ich antwortete: »Den Mut der Verzweiflung.«
»Das ist der richtige«, rief er mit gepreßtem Lachen. »Nun?«
Ich schwieg, und plötzlich traf uns eine Welle wilden Lachens, die aus dem engen Aufgang wie ein heftiger Strom auf uns zuschoß, so stark, daß ich erschrak und mich unwillkürlich fröstelnd schüttelte.
»Ich hab Angst«, sagte ich leise.
»Hab ich auch. Hast du kein Vertrauen zu mir?«
»Doch, gewiß . . . aber . . . komm«, sagte ich heiser, drängte ihn nach vorne und fügte hinzu: »Mir ist alles gleich.«
Wir kamen auf einen schmalen Flur, von dem links und rechts eine Menge roher Sperrholzkabinen abgeteilt waren; einige bunte Gestalten huschten umher, und durch einen Spalt zwischen kümmerlich aussehenden Kulissen sah ich auf der Bühne einen Clown, der sein Riesenmaul aufsperrte; wieder kam das wilde Lachen der Menge auf uns zu, aber Jupp zog mich in eine Tür und schloß hinter uns ab. Ich blickte mich um. Die Kabine war sehr eng und fast kahl. Ein Spiegel hing an der Wand, an einem einsamen Nagel war Jupps Cowboykostüm aufgehängt, und auf einem wackelig aussehenden Stuhl lag ein altes Kartenspiel. Jupp

war von einer nervösen Hast; er nahm mir den nassen Mantel ab, knallte den Cowboyanzug auf den Stuhl, hängte meinen Mantel auf, dann seine Windjacke. Über die Wand der Kabine hinweg sah ich an einer rotbemalten dorischen Säule eine elektrische Uhr, die fünfundzwanzig Minuten nach acht zeigte.
»Fünf Minuten«, murmelte Jupp, während er sein Kostüm überstreifte.
»Sollen wir eine Probe machen?«
In diesem Augenblick klopfte jemand an die Kabinentür und rief: »Fertigmachen!«
Jupp knöpfte seine Jacke zu und setzte seinen Wildwesthut auf. Ich rief mit einem krampfhaften Lachen: »Willst du den zum Tode Verurteilten erst probeweise henken?«
Jupp ergriff den Koffer und zerrte mich hinaus. Draußen stand ein Mann mit einer Glatze, der den letzten Hantierungen des Clowns auf der Bühne zusah. Jupp flüsterte ihm irgend etwas ins Ohr, was ich nicht verstand, der Mann blickte erschreckt auf, sah mich an, sah Jupp an und schüttelte heftig den Kopf. Und wieder flüsterte Jupp auf ihn ein.
Mir war alles gleichgültig. Sollten sie mich lebendig aufspießen; ich hatte eine lahme Schulter, hatte eine dünne Zigarette geraucht, morgen sollte ich für fünfundsiebzig Steine dreiviertel Brot bekommen. Aber morgen ... Der Applaus schien die Kulissen umzuwehen. Der Clown torkelte mit müdem, verzerrtem Gesicht durch den Spalt zwischen den Kulissen auf uns zu, blieb einige Sekunden dort stehen mit einem griesgrämigen Gesicht und ging dann auf die Bühne zurück, wo er sich mit liebenswürdigem Lächeln verbeugte. Die Kapelle spielte einen Tusch. Jupp flüsterte immer noch auf den Mann mit der Glatze ein. Dreimal kam der Clown heraus, und dreimal ging er hinaus auf die Bühne und verbeugte sich lächelnd! Dann begann die Kapelle einen Marsch zu spielen, und Jupp ging mit forschen Schritten, sein Köfferchen in der Hand, auf die

Bühne. Mattes Händeklatschen begrüßte ihn. Mit müden Augen sah ich zu, wie Jupp die Karten der Reihe nach mit je einem Messer aufspießte, genau in der Mitte. Der Beifall wurde lebhafter, aber nicht zündend. Dann vollführte er unter leisem Trommelwirbel das Manöver mit dem großen Brotmesser und dem Holzklotz, und durch alle Gleichgültigkeit hindurch spürte ich, daß die Sache wirklich ein bißchen mager war. Drüben auf der anderen Seite der Bühne blickten ein paar dürftig bekleidete Mädchen zu ... Und dann packte mich plötzlich der Mann mit der Glatze, schleifte mich auf die Bühne, begrüßte Jupp mit einem feierlichen Armschwenken und sagte mit einer erkünstelten Polizistenstimme: »Guten Abend, Herr Borgalewski.«
»Guten Abend, Herr Erdmenger«, sagte Jupp, ebenfalls in diesem feierlichen Ton.
»Ich bringe Ihnen hier einen Pferdedieb, einen ausgesprochenen Lumpen, Herr Borgalewski, den Sie mit Ihren sauberen Messern erst ein bißchen kitzeln müssen, ehe er gehängt wird ... einen Lumpen ...« Ich fand seine Stimme ausgesprochen lächerlich, kümmerlich künstlich, wie Papierblumen und billigste Schminke. Ich warf einen Blick in den Zuschauerraum, und von diesem Augenblick an, vor diesem flimmernden, lüsternen, vieltausendköpfigen, gespannten Ungeheuer, das im Finstern wie zum Sprung dasaß, schaltete ich einfach ab.
Mir war alles scheißegal, das grelle Licht der Scheinwerfer blendete mich, und in meinem schäbigen Anzug mit den elenden Schuhen mag ich wohl recht nach Pferdedieb ausgesehen haben.
»Oh, lassen Sie ihn mir hier, Herr Erdmenger, ich werde mit dem Kerl schon fertig.«
»Gut, besorgen Sie's ihm und sparen Sie nicht mit den Messern.«
Jupp schnappte mich am Kragen, während Herr Erdmenger mit gespreizten Beinen grinsend die Bühne verließ. Von irgendwoher wurde ein Strick auf die Bühne geworfen,

und dann fesselte mich Jupp an den Fuß einer dorischen Säule, hinter der eine blau angestrichene Kulissentür lehnte. Ich fühlte etwas wie einen Rausch der Gleichgültigkeit. Rechts von mir hörte ich das unheimliche, wimmelnde Geräusch des gespannten Publikums, und ich spürte, daß Jupp recht gehabt hatte, wenn er von seiner Blutgier sprach. Seine Lust zitterte in der süßen, fade riechenden Luft, und die Kapelle erhöhte mit ihrem sentimentalen Spannungstrommelwirbel, mit ihrer leisen Geilheit den Eindruck einer schauerlichen Tragikomödie, in der richtiges Blut fließen würde, bezahltes Bühnenblut . . . Ich blickte starr geradeaus und ließ mich schlaff nach unten sacken, da mich die feste Schnürung des Strickes wirklich hielt. Die Kapelle wurde immer leiser, während Jupp sachlich seine Messer wieder aus den Karten zog und sie ins Etui steckte, wobei er mich mit melodramatischen Blicken musterte. Dann, als er alle Messer geborgen hatte, wandte er sich zum Publikum, und auch seine Stimme war ekelhaft geschminkt, als er nun sagte: »Ich werde Ihnen diesen Herrn mit Messern umkränzen, meine Herrschaften, aber Sie sollen sehen, daß ich nicht mit stumpfen Messern werfe . . .« Dann zog er einen Bindfaden aus der Tasche, nahm mit unheimlicher Ruhe ein Messer nach dem anderen aus dem Etui, berührte damit den Bindfaden, den er in zwölf Stücke zerschnitt; jedes Messer steckte er ins Etui zurück.
Währenddessen blickte ich weit über ihn hinweg, weit über die Kulissen, weit weg auch über die halbnackten Mädchen, wie mir schien, in ein anderes Leben . . .
Die Spannung der Zuschauer elektrisierte die Luft. Jupp kam auf mich zu, befestigte zum Schein den Strick noch einmal neu und flüsterte mir mit weicher Stimme zu: »Ganz, ganz still halten, und hab Vertrauen, mein Lieber . . .«
Seine neuerliche Verzögerung hatte die Spannung fast zur Entladung gebracht, sie drohte ins Leere auszufließen, aber er griff plötzlich seitlich, ließ seine Hände ausschweben

wie leise schwirrende Vögel, und in sein Gesicht kam jener Ausdruck magischer Sammlung, den ich auf der Treppe bewundert hatte. Gleichzeitig schien er mit dieser Zauderergeste auch die Zuschauer zu beschwören. Ich glaubte ein seltsam schauerliches Stöhnen zu hören, und ich begriff, daß das ein Warnsignal für mich war.

Ich holte meinen Blick aus der unendlichen Ferne zurück, blickte Jupp an, der mir jetzt so gerade gegenüberstand, daß unsere Augen in einer Linie lagen; dann hob er die Hand, griff langsam zum Etui, und ich begriff wieder, daß das ein Zeichen für mich war. Ich stand still, ganz still, und schloß die Augen . . .

Es war ein herrliches Gefühl; es währte vielleicht zwei Sekunden, ich weiß es nicht. Während ich das leise Zischen der Messer hörte und den kurzen heftigen Luftzug, wenn sie neben mir in die Kulissentür schlugen, glaubte ich auf einem sehr schmalen Balken über einem unendlichen Abgrund zu gehen. Ich ging ganz sicher und fühlte doch alle Schauer der Gefahr . . . ich hatte Angst und doch die volle Gewißheit, nicht zu stürzen; ich zählte nicht, und doch öffnete ich die Augen in dem Augenblick, als das letzte Messer neben meiner rechten Hand in die Tür schoß . . .

Ein stürmischer Beifall riß mich vollends hoch; ich schlug die Augen ganz auf und blickte in Jupps bleiches Gesicht, der auf mich zugestürzt war und nun mit nervösen Händen meinen Strick löste. Dann schleppte er mich in die Mitte der Bühne vorn an die Rampe; er verbeugte sich, und ich verbeugte mich; er deutete in dem anschwellenden Beifall auf mich und ich auf ihn; dann lächelte er mich an, ich lächelte ihn an, und wir verbeugten uns zusammen lächelnd vor dem Publikum.

In der Kabine sprachen wir beide kein Wort. Jupp warf das durchlöcherte Kartenspiel auf den Stuhl, nahm meinen Mantel vom Nagel und half mir, ihn anzuziehen. Dann hing er sein Cowboykostüm wieder an den Nagel, zog seine Windjacke an, und wir setzten die Mützen auf. Als ich die

Tür öffnete, stürzte uns der kleine Mann mit der Glatze entgegen und rief: »Gage erhöht auf vierzig Mark!« Er reichte Jupp ein paar Geldscheine. Da begriff ich, daß Jupp nun mein Chef war, und ich lächelte, und auch er blickte mich an und lächelte.

Jupp faßte meinen Arm, und wir gingen nebeneinander die schmale, spärlich beleuchtete Treppe hinunter, auf der es nach alter Schminke roch. Als wir das Portal erreicht hatten, sagte Jupp lachend: »Jetzt kaufen wir Zigaretten und Brot ...«

Ich aber begriff erst eine Stunde später, daß ich nun einen richtigen Beruf hatte, einen Beruf, wo ich mich nur hinzustellen brauchte und ein bißchen zu träumen. Zwölf oder zwanzig Sekunden lang. Ich war der Mensch, auf den man mit Messern wirft ...

Steh auf, steh doch auf

Ihr Name auf dem roh zusammengehauenen Kreuz war nicht mehr zu lesen; der Pappdeckel des Sarges war schon eingebrochen, und wo vor wenigen Wochen noch ein Hügel gewesen war, war nun eine Mulde, in der die schmutzigen verfaulten Blumen, verwaschene Schleifen, mit Tannennadeln und kahlen Ästen vermengt, einen grauenhaften Klumpen bildeten. Die Kerzenstummel mußten gestohlen worden sein . . .

»Steh auf«, sagte ich leise, »steh doch auf«, und meine Tränen mischten sich mit dem Regen, diesem eintönig murmelnden Regen, der schon seit Wochen niederrann.

Dann schloß ich die Augen: ich fürchtete, mein Wunsch könne erfüllt werden. Hinter meinen geschlossenen Lidern sah ich deutlich den eingeknickten Pappdeckel, der nun auf ihrer Brust liegen mußte, eingedrückt von den nassen Erdmassen, die an ihm vorbei kalt und gierig sich in den Sarg drängten.

Ich bückte mich nieder, um den schmutzigen Grabschmuck von der klebrigen Erde aufzuheben, da spürte ich plötzlich, wie hinter mir ein Schatten aus der Erde brach, jäh und heftig, so wie aus einem zugedeckten Feuer manchmal die Flamme hochschlägt.

Ich bekreuzigte mich hastig, warf die Blumen hin und eilte dem Ausgang zu. Aus den schmalen, mit dichten Büschen umgebenen Gängen quoll der dicke Dämmer, und als ich den Hauptweg erreicht hatte, hörte ich den Klang jener Glocke, die die Besucher aus dem Friedhof zurückruft. Aber von nirgendwoher hörte ich Schritte, nirgendwo auch sah ich jemanden, nur spürte ich hinter mir jenen gestaltlosen, doch wirklichen Schatten, der mich verfolgte . . .

Ich beschleunigte meinen Schritt, warf die rostig klirrende Pforte hinter mir zu, überquerte das Rondell, auf dem ein gestürzter Straßenbahnwagen seinen aufgequollenen Bauch dem Regen hinhielt; und die verwünschte Sanftmut des Regens trommelte auf dem blechernen Kasten . . .

Schon lange hatte der Regen meine Schuhe durchdrungen, aber ich spürte weder Kälte noch Feuchtigkeit, ein wildes Fieber jagte mein Blut bis in die äußersten Spitzen meiner Glieder, und zwischen der Angst, die mich von hinten anwehte, spürte ich jene seltsame Lust von Krankheit und Trauer . . .

Zwischen elenden Wohnhütten, deren Schornsteine kümmerlichen Rauch ausstießen, abenteuerlich zusammengeflickten Zäunen, die schwärzliche Äcker umschlossen, vorbei an morschen Telegrafenstangen, die im Dämmer zu schwanken schienen, führte mein Weg durch die scheinbar endlosen Verzweiflungsstätten der Vorstadt; achtlos in Pfützen tretend, schritt ich immer hastiger der fernen, zerrissenen Silhouette der Stadt zu, die in schmutzigen Dämmerwolken am Horizont hingestreckt lag wie ein Labyrinth der Trübsal.

Schwarze riesige Ruinen tauchten links und rechts auf, seltsam schwüler Lärm aus schwach erhellten Fenstern drang auf mich ein; wieder Äcker aus schwarzer Erde, wieder Häuser, verfallene Villen – und immer tiefer fraß sich das Entsetzen neben meiner fiebrischen Krankheit in mir fest, denn ich spürte etwas Ungeheuerliches: hinter mir wurde es dunkel, während vor meinen Augen der Dämmer sich in der üblichen Weise verdichtete; hinter mir wurde Nacht; ich schleifte die Nacht hinter mir her, zog sie über den fernen Rand des Horizontes, und wo mein Fuß hingetreten war, wurde es dunkel. Nichts sah ich von alledem, aber ich wußte es: vom Grab der Geliebten her, wo ich den Schatten beschworen, schleppte ich das unerbittlich schlappe Segel der Nacht hinter mir her.

Die Welt schien menschenleer zu sein: eine ungeheure, mit Schmutz angefüllte Ebene die Vorstadt, ein niedriges Gebirge aus Trümmern die Stadt, die so ferne geschienen hatte und nun unheimlich schnell näher gerückt war. Einige

Male blieb ich stehen, und ich spürte, wie das Dunkle hinter mir verhielt, sich staute und höhnisch zögerte, mich dann mit sanftem und zwingendem Druck weiterschob.

Nun erst spürte ich, daß der Schweiß in Strömen an meinem ganzen Körper herunterlief; mein Gang war mühsam geworden, schwer war die Last, die ich zu schleppen hatte, die Last der Welt. Mit unsichtbaren Seilen war ich daran gebunden, sie an mich, und es zog nun und zerrte an mir, wie eine abgerutschte Last das ausgemergelte Maultier unweigerlich in den Abgrund zwingt. Mit allen Kräften stemmte ich mich an gegen jene unsichtbaren Schnüre, meine Schritte wurden kurz und unsicher, wie ein verzweifeltes Tier warf ich mich in die drosselnde Schnürung: meine Beine schienen in der Erde zu versinken, während ich noch Kraft fand, meinen Oberkörper aufrecht zu halten; bis ich plötzlich spürte, daß ich nicht durchhalten konnte, daß ich auf der Stelle zu verhalten gezwungen war, die Last schon so wirksam, mich am Ort zu bannen; und schon glaubte ich zu spüren, daß ich den Halt verlor, ich tat einen Schrei und warf mich noch einmal in die gestaltlosen Zügel – ich fiel vornüber aufs Gesicht, die Bindung war zerrissen, eine unsagbar köstliche Freiheit hinter mir, und vor meinen Augen eine helle Ebene, auf der nun sie stand, die dort hinten in dem kümmerlichen Grab unter schmutzigen Blumen gelegen hatte, und nun war sie es, die mit lächelndem Gesicht zu mir sagte: »Steh auf, steh doch auf . . .«, aber ich war schon aufgestanden und ihr entgegengegangen . . .

Damals in Odessa

Damals in Odessa war es sehr kalt. Wir fuhren jeden Morgen mit großen rappelnden Lastwagen über das Kopfsteinpflaster zum Flugplatz, warteten frierend auf die großen grauen Vögel, die über das Startfeld rollten, aber an den beiden ersten Tagen, wenn wir gerade beim Einsteigen waren, kam der Befehl, daß kein Flugwetter sei, die Nebel über dem Schwarzen Meer zu dicht oder die Wolken zu tief, und wir stiegen wieder in die großen rappelnden Lastwagen und fuhren über das Kopfsteinpflaster in die Kaserne zurück.

Die Kaserne war sehr groß und schmutzig und verlaust, und wir hockten auf dem Boden oder lagen über den dreckigen Tischen und spielten Siebzehn-und-Vier, oder wir sangen und warteten auf eine Gelegenheit, über die Mauer zu gehen. In der Kaserne waren viele wartende Soldaten, und keiner durfte in die Stadt. An den beiden ersten Tagen hatten wir vergeblich versucht auszukneifen, sie hatten uns geschnappt, und wir mußten zur Strafe die großen, heißen Kaffeekannen schleppen und Brote abladen; und dabei stand in einem wunderbaren Pelzmantel, der für die sogenannte Front bestimmt war, ein Zahlmeister und zählte, damit kein Brot plattgeschlagen wurde, und wir dachten damals, daß Zahlmeister nicht von Zahlen, sondern von Zählen kommt. Der Himmel war immer noch neblig und dunkel über Odessa, und die Posten pendelten vor den schwarzen, schmutzigen Mauern der Kaserne auf und ab.

Am dritten Tage warteten wir, bis es ganz dunkel geworden war, dann gingen wir einfach an das große Tor, und als der Posten uns anhielt, sagten wir »Kommando Seltschini«, und er ließ uns durch. Wir waren zu drei Mann, Kurt, Erich und ich, und wir gingen sehr langsam. Es war erst vier Uhr und schon ganz dunkel. Wir hatten ja nichts gewollt als aus den großen, schwarzen, schmutzigen Mauern heraus, und nun, als wir draußen waren, wären wir fast lieber wieder

drinnen gewesen; wir waren erst seit acht Wochen beim Militär und hatten viel Angst, aber wir wußten auch: wenn wir wieder drinnen gewesen wären, hätten wir unbedingt heraus gewollt, und dann wäre es unmöglich gewesen, und es war doch erst vier Uhr, und wir konnten nicht schlafen, wegen den Läusen und dem Singen und auch, weil wir fürchteten und zugleich hofften, am anderen Morgen könnte gutes Flugwetter sein und sie würden uns auf die Krim hinüberfliegen, wo wir sterben sollten. Wir wollten nicht sterben, wir wollten auch nicht auf die Krim, aber wir mochten auch nicht den ganzen Tag in dieser schmutzigen, schwarzen Kaserne hocken, wo es nach Ersatzkaffee roch und wo sie immerzu Brote abluden, die für die Front bestimmt waren, immerzu, und wo immer Zahlmeister in Mänteln, die für die Front bestimmt waren, dabeistanden und zählten, damit kein Brot plattgeschlagen wurde.
Ich weiß nicht, was wir wollten. Wir gingen sehr langsam in diese dunkle, holprige Vorstadtgasse hinein; zwischen unbeleuchteten, niedrigen Häusern war die Nacht von ein paar verfaulenden Holzpfählen eingezäunt, und dahinter irgendwo schien Ödland zu liegen, Ödland wie zu Hause, wo sie glauben, es wird eine Straße gelegt, Kanäle bauen und mit Meßstangen herumfummeln, und es wird doch nichts mit der Straße, und sie werfen Schutt, Asche und Abfälle dahin, und das Gras wächst wieder, derbes, wildes Gras, üppiges Unkraut, und das Schild »Schutt abladen verboten« ist schon nicht mehr zu sehen, weil sie zu viel Schutt dahingeschüttet haben.
Wir gingen sehr langsam, weil es noch so früh war. Im Dunklen begegneten uns Soldaten, die in die Kaserne gingen, und andere kamen aus der Kaserne und überholten uns; wir hatten Angst vor Streifen und wären am liebsten zurückgegangen, aber wir wußten ja auch, wenn wir wieder in der Kaserne waren, würden wir ganz verzweifelt sein, und es war besser, Angst zu haben als nur Verzweiflung in den schwarzen, schmutzigen Mauern der Kaserne, wo sie

Kaffee schleppten, immerzu Kaffee schleppten und für die Front Brote abluden, immerzu Brote für die Front, und wo die Zahlmeister in den schönen Mänteln herumliefen, während es uns schrecklich kalt war.

Manchmal kam links oder rechts ein Haus, aus dem dunkelgelbes Licht herausschien, und wir hörten Stimmen, hell und fremd und beängstigend, kreischend. Und dann kam in der Dunkelheit ein ganz helles Fenster, da war viel Lärm, und wir hörten Soldatenstimmen, die sangen: »Ja, die Sonne von Mexiko«.

Wir stießen die Tür auf und traten ein: da drinnen war es warm und qualmig, und es waren Soldaten da, acht oder zehn, und manche hatten Weiber bei sich, und sie tranken und sangen, und einer lachte ganz laut, als wir hereinkamen. Wir waren jung und auch klein, die Kleinsten von der ganzen Kompanie; wir hatten ganz nagelneue Uniformen an, und die Holzfasern stachen uns in Arme und Beine, und die Unterhosen und Hemden juckten schrecklich auf der bloßen Haut, und auch die Pullover waren ganz neu und stachelig.

Kurt, der Kleinste, ging voran und suchte einen Tisch aus; er war Lehrling in einer Lederfabrik, und er hatte uns immer erzählt, wo die Häute herkamen, obwohl es Geschäftsgeheimnis war, und er hatte uns sogar erzählt, was sie daran verdienten, obwohl das ganz strenges Geschäftsgeheimnis war. Wir setzten uns neben ihn.

Hinter der Theke kam eine Frau heraus, eine dicke Schwarze mit einem gutmütigen Gesicht, und sie fragte, was wir trinken wollten; wir fragten zuerst, was der Wein kostete, denn wir hatten gehört, daß alles sehr teuer war in Odessa.

Sie sagte: »Fünf Mark die Karaffe«, und wir bestellten drei Karaffen Wein. Wir hatten beim Siebzehn-und-Vier viel Geld verloren und den Rest geteilt; jeder hatte zehn Mark. Einige von den Soldaten aßen auch, sie aßen gebratenes Fleisch, das noch dampfte, auf Weißbrotschnitten, und

Würste, die nach Knoblauch rochen, und wir merkten jetzt erst, daß wir Hunger hatten, und als die Frau den Wein brachte, fragten wir, was das Essen kostete. Sie sagte, daß die Würste fünf Mark kosteten und Fleisch mit Brot acht; sie sagte, das wäre frisches Schweinefleisch, aber wir bestellten drei Würste. Manche von den Soldaten küßten die Weiber oder nahmen sie ganz offen in den Arm, und wir wußten nicht, wo wir hingucken sollten.

Die Würste waren heiß und fett, und der Wein war sehr sauer. Als wir die Würste aufgegessen hatten, wußten wir nicht, was wir tun sollten. Wir hatten uns nichts mehr zu erzählen, vierzehn Tage hatten wir im Waggon nebeneinander gelegen und uns alles erzählt, Kurt war in einer Lederfabrik gewesen, Erich kam von einem Bauernhof, und ich, ich war von der Schule gekommen; wir hatten immer noch Angst, aber es war uns nicht mehr kalt ...

Die Soldaten, die die Weiber geküßt hatten, schnallten jetzt ihre Koppel um und gingen mit den Weibern hinaus; es waren drei Mädchen, sie hatten runde, liebe Gesichter, und sie kicherten und zwitscherten, aber sie gingen jetzt mit sechs Soldaten weg, ich glaube, es waren sechs, fünf bestimmt. Es blieben nur noch die Betrunkenen, die gesungen hatten: »Ja, die Sonne von Mexiko«. Einer, der an der Theke stand, ein großer, blonder Obergefreiter, drehte sich jetzt um und lachte uns wieder aus; ich glaube, wir saßen auch sehr still und brav da an unserem Tisch, die Hände auf den Knien, wie beim Unterricht in der Kaserne. Dann sagte der Obergefreite etwas zu der Wirtin, und die Wirtin brachte und weißen Schnaps in ziemlich großen Gläsern.

»Wir müssen ihm jetzt zuprosten«, sagte Erich und stieß uns mit den Knien an, und ich, ich rief so lange: »Herr Obergefreiter«, bis er merkte, daß ich ihn meinte, dann stieß uns Erich mit den Knien wieder an, wir standen auf und riefen zusammen: »Prost, Herr Obergefreiter.« Die anderen Soldaten lachten alle laut, aber der Obergefreite

hob sein Glas und rief uns zu: »Prost, die Herren Grenadiere ...«
Der Schnaps war scharf und bitter, aber er machte uns warm, und wir hätten gerne noch einen getrunken.
Der blonde Obergefreite winkte Kurt, und Kurt ging hin und winkte uns auch, als er ein paar Worte mit dem Obergefreiten gesprochen hatte. Er sagte, wir wären ja verrückt, weil wir kein Geld hätten, wir sollten doch etwas verscheuern; und er fragte, von wo wir kämen und wo wir hin müßten, und wir sagten ihm, daß wir in der Kaserne warteten und auf die Krim fliegen sollten. Er machte ein ernstes Gesicht und sagte nichts. Dann fragte ich ihn, was wir denn verscheuern könnten, und er sagte: alles.
Verscheuern könnte man hier alles, Mantel und Mütze oder Unterhosen, Uhren, Füllfederhalter.
Wir wollten keinen Mantel verscheuern, wir hatten zuviel Angst, es war ja verboten, und es war uns auch sehr kalt, damals in Odessa. Wir suchten unsere Taschen leer: Kurt hatte einen Füllfederhalter, ich eine Uhr und Erich ein ganz neues, ledernes Portemonnaie, das er bei einer Verlosung in der Kaserne gewonnen hatte. Der Obergefreite nahm die Sachen und fragte die Wirtin, was sie dafür geben wollte, und sie sah alles ganz genau an, sagte, daß es schlecht sei, und wollte zweihundertfünfzig Mark geben, hundertachtzig allein für die Uhr.
Der Obergefreite sagte, daß das wenig sei, zweihundertfünfzig, aber er sagte auch, mehr gäbe sie bestimmt nicht, und wenn wir am nächten Tag vielleicht auf die Krim flögen, wäre ja alles egal, und wir sollten es nehmen.
Zwei von den Soldaten, die gesungen hatten: »Ja, die Sonne von Mexiko ...«, kamen jetzt von den Tischen und klopften dem Obergefreiten auf die Schulter; er nickte uns zu und ging mit ihnen hinaus.
Die Wirtin hatte mir das ganze Geld gegeben, und ich bestellte jetzt für jeden zwei Portionen Schweinefleisch mit Brot und einen großen Schnaps, und dann aßen wir noch

einmal jeder zwei Portionen Schweinefleisch, und noch einmal tranken wir einen Schnaps. Das Fleisch war frisch und fett, heiß und fast süß, und das Brot war ganz mit Fett durchtränkt, und wir tranken dann noch einen Schnaps. Dann sagte die Wirtin, sie hätte kein Schweinefleisch mehr, nur noch Wurst, und wir aßen jeder eine Wurst und ließen uns Bier dazu geben, dickes, dunkles Bier, und wir tranken noch einen Schnaps und ließen uns Kuchen bringen, flache, trockene Kuchen aus gemahlenen Nüssen; dann tranken wir noch mehr Schnaps und wurden gar nicht betrunken; es war uns warm und wohl, und wir dachten nicht mehr an die vielen Stacheln aus Holzfasern in den Unterhosen und dem Pullover; und es kamen neue Soldaten herein, und wir sangen alle: »Ja, die Sonne von Mexiko . . .«

Um sechs Uhr war unser Geld auf, und wir waren immer noch nicht betrunken; wir gingen zur Kaserne zurück, weil wir nichts mehr zu verscheuern hatten. In der dunklen, holprigen Straße brannte nun gar kein Licht mehr, und als wir durch die Wache kamen, sagte der Posten, wir müßten auf die Wachstube. In der Wachstube war es heiß und trocken, schmutzig, und es roch nach Tabak, und der Unteroffizier schnauzte uns an und sagte, die Folgen würden wir schon sehen. Aber in der Nacht schliefen wir sehr gut, und am anderen Morgen fuhren wir wieder auf den großen, rappelnden Lastwagen über das Kopfsteinpflaster zum Flugplatz, und es war kalt in Odessa, das Wetter war herrlich klar, und wir stiegen endgültig in die Flugzeuge ein; und als sie hochstiegen, wußten wir plötzlich, daß wir nie mehr wiederkommen würden, nie mehr . . .

Wanderer, kommst du nach Spa . . .

Als der Wagen hielt, brummte der Motor noch eine Weile; draußen wurde irgendwo ein großes Tor aufgerissen. Licht fiel durch das zertrümmerte Fenster in das Innere des Wagens, und ich sah jetzt, daß auch die Glühbirne oben an der Decke zerfetzt war; nur ihr Gewinde stak noch in der Schrauböffnung, ein paar flimmernde Drähtchen mit Glasresten. Dann hörte der Motor auf zu brummen, und draußen schrie eine Stimme: »Die Toten hierhin, habt ihr Tot dabei?«

»Verflucht«, rief der Fahrer zurück, »verdunkelt ihr schon nicht mehr?«

»Da nützt kein Verdunkeln mehr, wenn die ganze Stadt wie eine Fackel brennt«, schrie die fremde Stimme. »Ob ihr Tote habt, habe ich gefragt?«

»Weiß nicht.«

»Die Toten hierhin, hörst du? Und die anderen die Treppe hinauf in den Zeichensaal, verstehst du?«

»Ja, ja.«

Aber ich war noch nicht tot, ich gehörte zu den anderen, und sie trugen mich die Treppe hinauf. Erst ging es in einen langen, schwach beleuchteten Flur, dessen Wände mit grüner Ölfarbe gestrichen waren; krumme, schwarze, altmodische Kleiderhaken waren in die Wände eingelassen, und da waren Türen mit Emailleschildchen: VIa und VIb, und zwischen diesen Türen hing, sanftglänzend unter Glas in einem schwarzen Rahmen, die Medea von Feuerbach und blickte in die Ferne; dann kamen Türen mit Va und Vb, und dazwischen hing ein Bild des Dornausziehers, eine wunderbare rötlich schimmernde Fotografie in braunem Rahmen.

Auch die große Säule in der Mitte vor dem Treppenaufgang war da, und hinter ihr, lang und schmal, wunderbar gemacht, eine Nachbildung des Parthenonfrieses in Gips, gelblich schimmernd, echt, antik, und alles kam, wie es kommen mußte: der griechische Hoplit, bunt und gefährlich, wie ein Hahn sah er aus, gefiedert, und im Treppenhaus selbst, auf der Wand, die hier mit gelber Ölfarbe gestrichen war, da hingen sie alle der Reihe nach: vom Großen Kurfürsten bis Hitler . . .

Und dort, in dem schmalen kleinen Gang, wo ich endlich wieder für ein paar Schritte gerade auf meiner Bahre lag, da war das besonders schöne, besonders große, besonders bunte Bild des Alten Fritzen mit der himmelblauen Uniform, den strahlenden Augen und dem großen, golden glänzenden Stern auf der Brust.

Wieder lag ich dann schief auf der Bahre und wurde vorbeigetragen an den Rassegesichtern: da war der nordische Kapitän mit dem Adlerblick und dem dummen Mund, die westische Moselanerin, ein bißchen hager und scharf, der ostische Grinser mit der Zwiebelnase und das lange adamsapfelige Bergfilmprofil; und dann kam wieder ein Flur, wieder lag ich für ein paar Schritte gerade auf meiner Bahre, und bevor die Träger in die zweite Treppe hineinschwenkten, sah ich es noch eben: das Kriegerdenkmal mit dem großen, goldenen Eisernen Kreuz obendrauf und dem steinernen Lorbeerkranz.

Das ging alles sehr schnell: ich bin nicht schwer, und die Träger rasten. Immerhin: alles konnte auch Täuschung sein; ich hatte hohes Fieber, hatte überall Schmerzen. Im Kopf, in den Armen und Beinen, und mein Herz schlug wie verrückt; was sieht man nicht alles im Fieber!

Aber als wir an den Rassegesichtern vorbei waren, kam alles andere: die drei Büsten von Cäsar, Cicero, Marc Aurel, brav nebeneinander, wunderbar nachgemacht, ganz gelb und echt, antik und würdig standen sie an der Wand, und auch die Hermessäule kam, als wir um die Ecke schwenkten, und ganz hinten im Flur – der Flur war hier rosenrot gestrichen – ganz, ganz hinten im Flur hing die große Zeusfratze über dem Eingang zum Zeichensaal; doch die Zeusfratze war noch weit. Rechts sah ich durch das Fenster

den Feuerschein, der ganze Himmel war rot, und schwarze, dicke Wolken von Qualm zogen feierlich vorüber ... Und wieder mußte ich links sehen, und wieder sah ich Schildchen über den Türen OIa und OIb, und zwischen den bräunlich muffigen Türen sah ich nur Nietzsches Schnurrbart und seine Nasenspitze in einem goldenen Rahmen, denn sie hatten die andere Hälfte des Bildes mit einem Zettel überklebt, auf dem zu lesen war: »Leichte Chirurgie« ...
Wenn jetzt, dachte ich flüchtig ... wenn jetzt ... aber da war es schon: das Bild von Togo, bunt und groß, flach wie ein alter Stich, ein prachtvoller Druck, und vorne, vor den Kolonialhäusern, vor den Negern und dem Soldaten, der da sinnlos mit seinem Gewehr herumstand, vor allem war das große, ganz naturgetreu abgebildete Bündel Bananen: links ein Bündel, rechts ein Bündel, und auf der mittleren Banane im rechten Bündel, da war etwas hingekritzelt, ich sah es; ich selbst mußte es hingeschrieben haben ...
Aber nun wurde die Tür zum Zeichensaal aufgerissen, und ich schwebte unter der Zeusbüste hinein und schloß die Augen. Ich wollte nichts mehr sehen. Der Zeichensaal roch nach Jod, Scheiße, Mull und Tabak, und es war laut. Sie setzten mich ab, und ich sagte zu den Trägern: »Steck mir 'ne Zigarette in den Mund, links oben in der Tasche.«
Ich spürte, wie einer mir an der Tasche herumfummelte, dann zischte ein Streichholz, und ich hatte die brennende Zigarette im Mund. Ich zog daran. »Danke«, sagte ich.
Alles das, dachte ich, ist kein Beweis. Letzten Endes gibt es in jedem Gymnasium einen Zeichensaal, Gänge, in denen krumme, alte Kleiderhaken in grün- und gelbgestrichene Wände eingelassen sind; letzten Endes ist es kein Beweis, daß ich in meiner Schule bin, wenn die Medea zwischen VIa und VIb hängt und Nietzsches Schnurrbart zwischen OIa und OIb. Gewiß gibt es eine Vorschrift, die besagt, daß er da hängen muß. Hausordnung für humanistische Gymnasien in Preußen: Medea zwischen VIa und VIb, Dornauszieher dort, Cäsar, Marc Aurel und Cicero im Flur

und Nietzsche oben, wo sie schon Philosophie lernen. Parthenonfries, ein buntes Bild von Togo. Dornauszieher und Parthenonfries sind schließlich gute, alte, generationenlang bewährte Schulrequisiten, und gewiß bin ich nicht der einzige, der den Einfall gehabt hat, auf eine Banane zu schreiben: Es lebe Togo. Auch die Witze, die sie in den Schulen machen, sind immer dieselben. Und außerdem besteht die Möglichkeit, daß ich Fieber habe, daß ich träume.
Schmerzen hatte ich jetzt nicht mehr. Im Auto war es noch schlimm gewesen; wenn sie durch die kleinen Schlaglöcher fuhren, schrie ich jedesmal; da waren die großen Trichter schon besser: das Auto hob und senkte sich wie ein Schiff in einem Wellental. Aber jetzt schien die Spritze schon zu wirkem, die sie mir irgendwo im Dunkeln in den Arm gehauen hatten: ich hatte gespürt, wie die Nadel sich durch die Haut bohrte und wie es unten am Bein ganz heiß wurde.
Es kann ja nicht wahr sein, dachte ich, so viele Kilometer kann das Auto ja gar nicht gefahren sein: fast dreißig. Und außerdem: du spürst nichts, kein Gefühl sagt es dir, nur die Augen; kein Gefühl sagt dir, daß du in deiner Schule bist, in deiner Schule, die du vor drei Monaten erst verlassen hast. Acht Jahre sind keine Kleinigkeit, solltest du nach acht Jahren das alles nur mit den Augen erkennen?
Hinter meinen geschlossenen Lidern sah ich alles noch einmal, wie ein Film lief es ab: unterer Flur, grün gestrichen, Treppe rauf, gelb gestrichen, Kriegerdenkmal, Flur, Treppe rauf, Cäsar, Cicero, Marc Aurel . . . Hermes, Nietzscheschnurrbart, Togo, Zeusfratze . . .
Ich spuckte meine Zigarette aus und schrie; es war immer gut, zu schreien; man mußte nur laut schreien; schreien war herrlich; ich schrie wie verrückt. Als sich jemand über mich beugte, machte ich immer noch nicht die Augen auf; ich spürte einen fremden Atem, warm und widerlich roch er nach Tabak und Zwiebeln, und eine Stimme fragte ruhig: »Was ist denn?«

»Was zu trinken«, sagte ich, »und noch 'ne Zigarette, die Tasche oben.«
Wieder fummelte einer an meiner Tasche herum, wieder zischte ein Streichholz, und jemand steckte mir 'ne brennende Zigarette in den Mund.
»Wo sind wir?« fragte ich.
»In Bendorf.«
»Danke«, sagte ich und zog.
Immerhin schien ich wirklich in Bendorf zu sein, zu Hause also, und wenn ich nicht außergewöhnlich hohes Fieber hatte, stand wohl fest, daß ich in einem humanistischen Gymnasium war: eine Schule war es bestimmt. Hatte die Stimme unten nicht geschrien: »Die anderen in den Zeichensaal!«? Ich war ein anderer, ich lebte; die lebten, waren offenbar die anderen. Der Zeichensaal war also da, und wenn ich richtig hörte, warum sollte ich nicht richtig sehen, und dann stimmte es wohl auch, daß ich Cäsar, Cicero und Marc Aurel erkannt hatte, und das konnte nur in einem humanistischen Gymnasium sein; ich glaube nicht, daß sie diese Kerle in den anderen Schulen auf den Fluren an die Wand stellen.
Endlich brachte er mir Wasser: wieder roch ich den Tabak- und Zwiebelatem aus seinem Gesicht, und ich machte, ohne es zu wollen, die Augen auf: da war ein müdes, altes, unrasiertes Gesicht über einer Feuerwehruniform, und eine alte Stimme sagte leise: »Trink, Kamerad!«
Ich trank; es war Wasser, aber Wasser ist herrlich; ich spürte den metallenen Geschmack des Kochgeschirrs auf meinen Lippen, und es war schön zu spüren, welch eine Menge Wasser noch nachdrängte, aber der Feuerwehrmann riß mir das Kochgeschirr von den Lippen und ging: ich schrie, aber er wandte sich nicht um, zuckte nur müde die Schultern und ging weiter; einer, der neben mir lag, sagte ruhig: »Hat gar keinen Zweck, zu brüllen, sie haben nicht mehr Wasser; die Stadt brennt, du siehst es doch.«
Ich sah es durch die Verdunkelung hindurch, es glühte und

wummerte hinter den schwarzen Vorhängen, Rot hinter Schwarz, wie in einem Ofen, auf den man neue Kohle geschüttet hat. Ich sah es: ja, die Stadt brannte.

»Wie heißt die Stadt?« fragte ich den, der neben mir lag.

»Bendorf«, sagte er.

»Danke.«

Ich blickte ganz gerade vor mich hin auf die Fensterreihe und manchmal zur Decke. Die Decke war noch tadellos, weiß und glatt, mit einem schmalen klassizistischen Stuckrand; aber sie haben doch in allen Schulen klassizistische Stuckränder an den Decken in den Zeichensälen, wenigstens in den guten, alten humanistischen Gymnasien. Das ist doch klar.

Ich mußte mir jetzt zugestehen, daß ich im Zeichensaal eines humanistischen Gymnasiums in Bendorf lag. Bendorf hat drei humanistische Gymnasien: die Schule »Friedrich der Große«, die Albertus-Schule und – vielleicht brauche ich es nicht zu erwähnen – aber die letzte, die dritte war die Adolf-Hitler-Schule. Hing nicht in der Schule »Friedrich der Große« das Bild des Alten Fritz besonders bunt, besonders schön, besonders groß im Treppenhaus? Ich war auf dieser Schule gewesen, acht Jahre lang, aber warum konnte nicht in den anderen Schulen dieses Bild genauso an derselben Stelle hängen, so deutlich und auffallend, daß es den Blick fangen mußte, wenn man die erste Treppe hinaufstieg?

Draußen hörte ich jetzt die schwere Artillerie schießen. Sonst war es fast ruhig; nur manchmal drang das Fressen der Flammen durch, und im Dunkeln stürzte irgendwo ein Giebel ein. Die Artillerie schoß ruhig und gleichmäßig, und ich dachte: Gute Artillerie! Ich weiß, das ist gemein, aber ich dachte es. Mein Gott, wie beruhigend war die Artillerie, wie gemütlich: dunkel und rauh, ein sanftes, fast feines Orgeln. Irgendwie vornehm. Ich finde, die Artillerie hat etwas Vornehmes, auch wenn sie schießt. Es hört sich so anständig an, richtig nach Krieg in den Bilderbüchern ...

Dann dachte ich daran, wieviel Namen wohl auf dem Kriegerdenkmal stehen würden, wenn sie es wieder einweihten, mit einem noch größeren goldenen Eisernen Kreuz darauf und einem noch größeren steinernen Lorbeerkranz, und plötzlich wußte ich es; wenn ich wirklich in meiner alten Schule war, würde mein Name auch darauf stehen, eingehauen in Stein, und im Schulkalender würde hinter meinem Namen stehen – »zog von der Schule ins Feld und fiel für . . .«

Aber ich wußte noch nicht wofür und wußte noch nicht, ob ich in meiner alten Schule war. Ich wollte es jetzt unbedingt herauskriegen. Am Kriegerdenkmal war auch nichts Besonderes gewesen, nichts Auffallendes, es war wie überall, es war ein Konfektionskriegerdenkmal, ja, sie bekamen sie aus irgendeiner Zentrale . . .

Ich sah mir den Zeichensaal an, aber die Bilder hatten sie abgehängt, und was ist schon an ein paar Bänken zu sehen, die in einer Ecke gestapelt sind, und an den Fenstern, schmal und hoch, viele nebeneinander, damit viel Licht hereinfällt, wie es sich für einen Zeichensaal gehört? Mein Herz sagte mir nichts. Hätte es nicht etwas gesagt, wenn ich in dieser Bude gewesen wäre, wo ich acht Jahre lang Vasen gezeichnet und Schriftzeichen geübt hatte, schlanke, feine, wunderbar nachgemachte römische Glasvasen, die der Zeichenlehrer vorne auf einen Ständer setzte, und Schriften aller Art, Rundschrift, Antiqua, Römisch, Italienne? Ich hatte diese Stunden gehaßt wie nichts in der ganzen Schule, ich hatte die Langeweile gefressen stundenlang, und niemals hatte ich Vasen zeichnen können oder Schriftzeichen malen. Aber wo waren meine Flüche, wo war mein Haß angesichts dieser dumpfgetönten, langweiligen Wände? Nichts sprach in mir, und ich schüttelte stumm den Kopf.

Immer wieder hatte ich radiert, den Bleistift gespitzt, radiert . . . nichts . . .

Ich wußte nicht genau, wie ich verwundet war; ich wußte nur, daß ich meine Arme nicht bewegen konnte und das rechte Bein nicht, nur das linke ein bißchen; ich dachte, sie hätten mir die Arme an den Leib gewickelt, so fest, daß ich sie nicht bewegen konnte.

Ich spuckte die zweite Zigarette in den Gang zwischen den Strohsäcken und versuchte, meine Arme zu bewegen, aber es tat so weh, daß ich schreien mußte; ich schrie weiter; es war immer wieder schön, zu schreien; ich hatte auch Wut, weil ich die Arme nicht bewegen konnte.

Dann stand der Arzt vor mir; er hatte die Brille abgenommen und blinzelte mich an: er sagte nichts; hinter ihm stand der Feuerwehrmann, der mir das Wasser gegeben hatte. Er flüsterte dem Arzt etwas ins Ohr, und der Arzt setzte die Brille auf: deutlich sah ich seine großen grauen Augen mit den leise zitternden Pupillen hinter den dicken Brillengläsern. Er sah mich lange an, so lange, daß ich wegsehen mußte, und er sagte leise: »Augenblick, Sie sind gleich an der Reihe . . .«

Dann hoben sie den auf, der neben mir lag, und trugen ihn hinter die Tafel; ich blickte ihnen nach: sie hatten die Tafel auseinandergezogen und quer gestellt und die Lücke zwischen Wand und Tafel mit einem Bettuch zugehängt; dahinter brannte grelles Licht . . .

Nichts war zu hören, bis das Tuch wieder beiseite geschlagen und der, der neben mir gelegen hatte, hinausgetragen wurde; mit müden, gleichgültigen Gesichtern schleppten die Träger ihn zur Tür.

Ich schloß wieder die Augen und dachte, du mußt doch herauskriegen, was du für eine Verwundung hast und ob du in deiner alten Schule bist.

Mir kam das alles so kalt und gleichgültig vor, als hätten sie mich durch das Museum einer Totenstadt getragen, durch eine Welt, die mir ebenso gleichgültig wie fremd war, obwohl meine Augen sie erkannten, nur meine Augen; es konnte doch nicht wahr sein, daß ich vor drei Monaten noch hier gesessen, Vasen gezeichnet und Schriften gemalt hatte, daß ich in den Pausen hinuntergegangen war mit meinem Marmeladenbutterbrot, vorbei an Nietzsche, Hermes, Togo, Cäsar, Cicero, Marc Aurel, ganz langsam bis in den Flur unten, wo die Medea hing, dann zum Hausmeister, zu Birgeler, um Milch zu trinken, Milch in diesem dämmerigen kleinen Stübchen, wo man es auch riskieren konnte, eine Zigarette zu rauchen, obwohl es verboten war. Sicher trugen sie den, der neben mir gelegen hatte, unten hin, wo die Toten lagen, vielleicht lagen die Toten in Birgelers grauem kleinem Stübchen, wo es nach warmer Milch roch, nach Staub und Birgelers schlechtem Tabak . . .

Endlich kamen die Träger wieder herein, und jetzt hoben sie mich auf und trugen mich hinter die Tafel. Ich schwebte wieder, jetzt an der Tür vorbei, und im Vorbeigehen sah ich, daß auch das stimmte: über der Tür hatte einmal ein Kreuz gehangen, als die Schule noch Thomas-Schule hieß, und damals hatten sie das Kreuz weggemacht, aber da blieb ein frischer, dunkelgelber Fleck an der Wand, kreuzförmig, hart und klar, der fast noch deutlicher zu sehen war als das alte, schwache, kleine Kreuz selbst, das sie abgehängt hatten; sauber und schön blieb das Kreuzzeichen auf der verschossenen Tünche der Wand. Damals hatten sie aus Wut die ganze Wand neu gepinselt, aber es hatte nichts genützt; der Anstreicher hatte den Ton nicht richtig getroffen: das Kreuz blieb da, bräunlich und deutlich, aber die ganze Wand war rosa. Sie hatten geschimpft, aber es hatte nichts genützt: das Kreuz blieb da, braun und deutlich auf dem Rosa der Wand, und ich glaube, ihr Etat für Farbe war erschöpft und sie konnten nichts machen. Das Kreuz war noch da, und wenn man genau hinsah, konnte man sogar noch eine deutliche Schrägspur über dem rechten Balken sehen, wo jahrelang der Buchsbaumzweig gehangen hatte, den der Hausmeister Birgeler dorthinter klemmte, als es noch erlaubt war, Kreuze in die Schulen zu hängen . . .

Das alles fiel mir in der kleinen Sekunde ein, als ich an der

Tür vorbeigetragen wurde hinter die Tafel, wo das grelle Licht brannte.

Ich lag auf dem Operationstisch und sah mich selbst ganz deutlich, aber sehr klein, zusammengeschrumpft, oben in dem klaren Glas der Glühbirne, winzig und weiß, ein schmales, mullfarbenes Paketchen wie ein außergewöhnlich subtiler Embryo: das war also ich da oben.

Der Arzt drehte mir den Rücken zu und stand an einem Tisch, wo er in Instrumenten herumkramte; breit und alt stand der Feuerwehrmann vor der Tafel und lächelte mich an; er lächelte müde und traurig, und sein bärtiges, schmutziges Gesicht war wie das Gesicht eines Schlafenden; an seiner Schulter vorbei auf der schmierigen Rückseite der Tafel sah ich etwas, was mich zum ersten Male, seitdem ich in diesem Totenhaus war, mein Herz spüren machte: irgendwo in einer geheimen Kammer meines Herzens erschrak ich tief und schrecklich, und es fing heftig an zu schlagen: da war meine Handschrift an der Tafel. Oben in der obersten Zeile. Ich kenne meine Handschrift: es ist schlimmer, als wenn man sich im Spiegel sieht, viel deutlicher, und ich hatte keine Möglichkeit, die Identität meiner Handschrift zu bezweifeln. Alles andere war kein Beweis gewesen, weder Medea noch Nietzsche, nicht das dinarische Bergfilmprofil noch die Banane aus Togo, und nicht einmal das Kreuzzeichen über der Tür: das alles war in allen Schulen dasselbe, aber ich glaube nicht, daß sie in anderen Schulen mit meiner Handschrift an die Tafel schreiben. Da stand er noch, der Spruch, den wir damals hatten schreiben müssen, in diesem verzweifelten Leben, das erst drei Monate zurücklag: Wanderer, kommst du nach Spa . . .

Oh, ich weiß, die Tafel war zu kurz gewesen, und der Zeichenlehrer hatte geschimpft, daß ich nicht richtig eingeteilt hatte, die Schrift zu groß gewählt, und er selbst hatte es kopfschüttelnd in der gleichen Größe darunter geschrieben: Wanderer, kommst du nach Spa . . .

Siebenmal stand es da: in meiner Schrift, in Antiqua, Fraktur, Kursiv, Römisch, Italienne und Rundschrift; siebenmal deutlich und unerbittlich: Wanderer, kommst du nach Spa . . .

Der Feuerwehrmann war jetzt auf einen leisen Ruf des Arztes beiseite getreten, so sah ich den ganzen Spruch, der nur ein bißchen verstümmelt war, weil ich die Schrift zu groß gewählt hatte, der Punkte zu viele.

Ich zuckte hoch, als ich einen Stich in den linken Oberschenkel spürte, ich wollte mich aufstützen, aber ich konnte es nicht: ich blickte an mir herab, und nun sah ich es: sie hatten mich ausgewickelt, und ich hatte keine Arme mehr, auch kein rechtes Bein mehr, und ich fiel ganz plötzlich nach hinten, weil ich mich nicht aufstützen konnte; ich schrie; der Arzt und der Feuerwehrmann blickten mich entsetzt an, aber der Arzt zuckte nur die Schultern und drückte weiter auf den Kolben seiner Spritze, der langsam und ruhig nach unten sank; ich wollte wieder auf die Tafel blicken, aber der Feuerwehrmann stand nun ganz nah neben mir und verdeckte sie; er hielt mich an den Schultern fest, und ich roch nur noch den brandigen, schmutzigen Geruch seiner verschmierten Uniform, sah nur sein müdes, trauriges Gesicht, und nun erkannte ich ihn: es war Birgeler.

»Milch«, sagte ich leise . . .

Trunk in Petöcki

Der Soldat spürte, daß er jetzt endlich betrunken war. Gleichzeitig fiel ihm in aller Deutlichkeit wieder ein, daß er keinen Pfennig in der Tasche hatte, um die Zeche zu bezahlen. Seine Gedanken waren so eisklar wie seine Beobachtungen, er sah alles ganz deutlich; die dicke kurzsichtige Wirtin saß im Düstern hinter der Theke und häkelte sehr vorsichtig; dabei unterhielt sie sich leise mit einem Mann, der einen ausgesprochen magyarischen Schnurrbart hatte: ein richtiges reizendes Pußta-Paprika-Operettengesicht, während die Wirtin bieder und ziemlich deutsch aussah, etwas zu brav und unbeweglich, als daß sie des Soldaten Vorstellungen von einer Ungarin erfüllt hätte. Die Sprache, die die beiden wechselten, war ebenso unverständlich wie gurgelnd, leidenschaftlich wie fremd und schön. Im Raum herrschte ein dicker grüner Dämmer von den vielen dichtstehenden Kastanienbäumen der Allee draußen, die zum Bahnhof führte: ein herrlicher dicker Dämmer, der nach Absinth aussah und auf eine köstliche Weise gemütlich war. Der Mann mit diesem fabelhaften Schnurrbart hockte halb auf einem Stuhl und lehnte breit und bequem über der Theke.

Das alles beobachtete der Soldat ganz genau, während er wußte, daß er nicht ohne umzufallen bis zur Theke hätte gehen können. Es muß sich ein bißchen setzen, dachte er, dann lachte er laut, rief »Hallo!«, hob der Wirtin sein Glas entgegen und sagte auf deutsch: »Bitte schön.« Die Frau stand langsam von ihrem Stuhl auf, legte ebenso langsam das Häkelzeug aus der Hand und kam lächelnd mit der Karaffe auf ihn zu, während der Ungar sich auch umwandte und die Orden auf der Brust des Soldaten musterte. Die Frau, die auf ihn zugewatschelt kam, war so breit wie groß, ihr Gesicht war gutmütig, und sie sah herzkrank aus; ein dicker Kneifer an einer verschlissenen schwarzen Schnur saß auf ihrer Nase. Auch schienen ihr die Füße weh zu tun; während sie das Glas füllte, stützte sie den einen Fuß hoch und eine Hand auf den Tisch; dann sagte sie eine sehr dunkle ungarische Phrase, die sicher »Prost« hieß oder »Wohl bekomm's«, oder vielleicht gar eine allgemeine liebenswürdige mütterliche Zärtlichkeit, wie sie alte Frauen an Soldaten zu verteilen pflegen . . .

Der Soldat steckte eine Zigarette an und nahm einen tiefen Schluck aus seinem Glas. Allmählich fing die Wirtsstube an, sich vor seinen Augen zu drehen; die dicke Wirtin hing irgendwo quer im Raum, die verrostete alte Theke stand jetzt senkrecht, und der wenig trinkende Ungar turnte oben irgendwo im Raum herum wie ein Affe, der zu feinen Kunststücken abgerichtet ist. Im nächsten Augenblick hing alles auf der anderen Seite quer, der Soldat lachte laut, schrie »Prost!« und nahm noch einen Schluck, dann noch einen, und machte eine neue Zigarette an.

Zur Tür kam jetzt ein anderer Ungar herein, der war dick und klein und hatte ein verschmitztes Zwiebelgesicht und einen sehr winzigen Schnurrbart auf der Oberlippe. Er pustete schwer die Luft aus, schleuderte seine Mütze auf einen Tisch und hockte sich vor die Theke. Die Wirtin gab ihm Bier . . .

Das sanfte Geplauder der drei war herrlich, es war wie ein stilles Summen am Rande einer anderen Welt. Der Soldat nahm noch einen tiefen Schluck, das Glas war leer, und nun stand alles wieder an seinem richtigen Platz.

Der Soldat war fast glücklich, er hob wieder das Glas, sagte lachend wieder »Bitte schön«.

Die Frau schenkte ihm ein.

Jetzt habe ich fast zehn Glas Wein, dachte der Soldat, und ich will jetzt Schluß machen, ich bin so herrlich betrunken, daß ich fast glücklich bin. Die grüne Dämmerung wurde dichter, die weiter entfernten Ecken der Wirtsstube waren schon von undurchsichtigen, fast tiefblauen Schatten erfüllt. Es ist eine Schande, dachte der Soldat, daß hier keine Liebespaare sitzen. Es wäre eine reizende Kneipe für

Liebespaare, in diesem schönen, grünen und blauen Dämmer. Es ist eine Schande um jedes Liebespaar draußen irgendwo in der Welt, das jetzt im Hellen herumhocken oder herumrennen muß, wo hier in der Kneipe Platz wäre, zu plaudern, Wein zu trinken und sich zu küssen ...

Mein Gott, dachte der Soldat, jetzt müßte hier Musik sein und alle diese herrlichen, dunkelgrünen und dunkelblauen Ecken voll Liebespaare, und ich, ich würde ein Lied singen. Verdammt, dachte er, ich würde glatt ein Lied singen, dann würde ich überhaupt nicht mehr an den Krieg denken, jetzt denke ich immer noch ein bißchen an diesen Mistkrieg. Dann würde ich gar nicht mehr an den Krieg denken.

Gleichzeitig beobachtete er genau seine Armbanduhr, die jetzt halb acht zeigte. Er hatte noch zwanzig Minuten Zeit. Dann nahm er einen sehr tiefen und langen Zug von dem herben, kühlen Wein, und es war fast, als habe man ihm eine schärfere Brille aufgesetzt: er sah jetzt alles näher und klarer und sehr fest, und es erfüllte ihn eine herrliche, fast vollkommene Trunkenheit. Er sah jetzt, daß die beiden Männer da an der Theke arm waren, Arbeiter oder Hirten, mit ihren verschlissenen Hosen, und daß ihre Gesichter müde waren und von einer furchtbaren Ergebenheit trotz des wilden Schnurrbarts und der zwiebeligen Pfiffigkeit ...

Verdammt, dachte der Soldat, das war schrecklich damals, als es kalt war und ich wegfahren mußte, da war es ganz hell und alles voll Schnee, und wir hatten noch ein paar Minuten Zeit, und nirgends war eine Ecke, eine dunkle, schöne, menschliche Ecke, wo wir uns hätten küssen und umarmen können. Alles war hell und kalt ...

»Bitte schön!« rief er der Wirtin zu; dann blickte er, während sie näher kam, auf seine Uhr: er hatte noch zehn Minuten Zeit. Als die Wirtin zugießen wollte, in sein halbgefülltes Glas, hielt er die Hand darüber, schüttelte lächelnd den Kopf und rieb Daumen und Zeigefinger gegeneinander. »Zahlen«, sagte er, »wieviel Pengö?«

Dann zog er sehr langsam seine Jacke aus und streifte den

wunderbaren grauen Pullover mit dem Rollkragen ab und legte ihn neben sich auf den Tisch vor die Uhr. Die Männer vorne waren verstummt und blickten ihm zu, auch die Wirtin schien erschrocken. Sie schrieb jetzt sehr vorsichtig eine 14 auf die Tischplatte. Der Soldat legte seine Hand auf ihren dicken, warmen Unterarm, hielt mit der anderen den Pullover hoch und fragte lachend: »Wieviel?« Dabei rieb er wieder Daumen und Zeigefinger gegeneinander und fügte hinzu: »Pengö.«

Die Frau blickte ihn kopfschüttelnd an, aber er zuckte die Schultern und deutete ihr an, daß er kein Geld habe, so lange, bis sie zögernd den Pullover ergriff, ihn links drehte und eifrig untersuchte, sogar daran roch. Sie rümpfte ein wenig die Nase, lächelte dann und schrieb schnell mit dem Bleistift eine 30 neben die 14. Der Soldat ließ ihren warmen Arm los, nickte ihr zu, hob das Glas und trank wieder einen Schluck.

Während die Wirtin auf die Theke zuging und eifrig mit den beiden Ungarn zu gurgeln anfing, öffnete der Soldat einfach den Mund und sang, er sang: »Zu Straßburg auf der Schanz«, und er spürte plötzlich, daß er gut sang, zum erstenmal im Leben gut, und gleichzeitig spürte er, daß er wieder mehr betrunken war, daß alles wieder leise schwankte, und dabei sah er noch einmal auf die Uhr und stellte fest, daß er drei Minuten Zeit hatte zu singen und glücklich zu sein und fing ein neues Lied an: »Innsbruck, ich muß dich lassen«, während er lächelnd die Scheine einsteckte, die die Wirtin vor ihn auf den Tisch legte . . .

Es war jetzt ganz still in der Kneipe, die beiden Männer mit den zerschlissenen Hosen und den müden Gesichtern hatten sich ihm zugewandt, und auch die Wirtin war auf ihrem Rückweg stehengeblieben und horchte still und ernst wie ein Kind.

Dann trank der Soldat sein Glas leer, steckte eine neue Zigarette an und spürte jetzt, daß er ein bißchen schwanken würde. Doch bevor er zur Tür hinausging, legte er einen

Schein auf die Theke, deutete auf die beiden Männer und sagte »Bitte schön«, und die drei starrten ihm nach, als er endlich die Tür öffnete, um in die Kastanienallee zu treten, die zum Bahnhof führte und voll köstlicher, dunkelgrüner und dunkelblauer Schatten war, in denen man sich zum Abschied hätte küssen und umarmen können . . .

Unsere gute, alte Renée

Wenn man morgens so gegen zehn oder elf zu ihr kam, sah sie wie eine richtige dicke Frühstücksschlampe aus. Der formlose großgeblümte Kittel konnte die runden und massigen Schultern nicht bewältigen, die verkratzten Papilloten hingen in dem mürben Haar wie Senkbleie, die an schlammigem Tang hängengeblieben sind, das Gesicht war geschwollen, und Krümel von Frühstücksbrot klebten um den Halsausschnitt herum. Sie machte auch gar kein Hehl aus ihrer morgendlichen Unschönheit, denn sie empfing nur bestimmte Gäste – meist nur mich –, von denen sie wußte, daß es ihnen nicht um ihre weiblichen Reize, sondern um ihre guten Schnäpse zu tun war. Denn ihre Schnäpse waren gut, auch teuer; damals noch hatte sie einen ausgezeichneten Cognac, und überdies gab sie Kredit. Abends war sie wirklich reizend. Sie war gut geschnürt, ihre Schultern und Brüste waren hoch und fest, sie spritzte sich irgendein feuriges Zeug in Haar und Augen, und es gab fast keinen, der ihr widerstand, und vielleicht war ich einer der wenigen, die sie morgens empfing, weil sie wußte, daß ich auch abends gegen ihre Schönheit standhaft zu bleiben pflegte.

Morgens, so gegen zehn oder elf Uhr, war sie scheußlich. Auch ihre Laune war dann schlecht, moralisch, und sie gab dann tiefsinnige Sentenzen von sich. Wenn ich klopfte oder klingelte (es war ihr lieber, wenn ich klopfte, »Es hört sich so intim an«, sagte sie), dann hörte ich das Schlurfen ihrer Tritte, die Gardine hinter der Milchglastür wurde beiseite geschoben, und ich sah ihren Schatten; sie blickte durch das Blumenfenster, dann hörte ich ihre tiefe Stimme murmeln: »Ach, du bist's«, und sie schob den Riegel beiseite.

Sie sah wirklich abstoßend aus, aber es war die einzig brauchbare Kneipe am Ort zwischen siebenunddreißig dreckigen Häusern und zwei verkommenen Châteaus, und ihre Schnäpse waren gut, überdies gab sie Kredit, und zu all diesen Vorzügen kam hinzu, daß man wirklich nett mit ihr plaudern konnte. Und der bleiern lange Vormittag verging im Nu. Ich blieb meist nur so lange, bis wir ferne die Kompanie singend vom Dienst zurückkommen hörten, und es war jedesmal ein unheimliches Gefühl, wenn man den ewig gleichen Gesang hörte, der näher und näher kam in der ewig gleichen, trägen Stille des furchtbaren Kaffs.

»Da kommt die Scheiße«, sagte sie jedesmal, »der Krieg.«

Und wir beobachteten dann zusammen die Kompanie mit dem Oberleutnant, den Feldwebeln, Unteroffizieren, den Soldaten, wie sie alle müde und mit mißmutigen Gesichtern an diesem Milchglasfenster vorüberzogen, wir beobachteten die Kompanie durch das Blumenmuster. Zwischen den Rosen und Tulpen waren ganze Streifen klaren Glases, und man konnte sie alle sehen, Reihe um Reihe, Gesicht um Gesicht, alle griesgrämig und hungrig und völlig lustlos . . .

Sie kannte fast jeden Mann persönlich, wirklich jeden Mann. Auch die Antialkoholiker und die absoluten Weiberfeinde, denn es war die einzig brauchbare Kneipe am Ort, und selbst der wildeste Asket hat manchmal das Bedürfnis, auf eine heiße und schlechte Suppe ein Glas Limonade zu trinken, oder abends gar ein Glas Wein, wenn er gefangen ist in einem Kaff von siebenunddreißig schmutzigen Häusern, zwei verkommenen Châteaus, in einem Kaff, das im Schlamm zu versinken und in Faulheit und Langeweile sich aufzulösen scheint . . .

Aber sie kannte nicht nur unsere Kompanie, sie kannte alle ersten Kompanien aller Bataillone des Regiments, denn nach einem genau ausgeklügelten Einsatzplan kehrte jede erste Kompanie jedes Bataillons nach einer gewissen Zeit in dieses Kaff zurück, um hier sechs Wochen »Ruhe und Reserve« abzumachen.

Damals, als wir zum zweiten Male unsere Ruhe und Reserve mit Exerzieren und Langeweile dort abzumachen hatten, ging es bergab mit ihr. Sie hielt nicht mehr auf sich. Sie schlief jetzt meistens bis elf, schenkte mittags im Morgenrock Bier und Limonade aus, schloß nachmittags wieder, denn während der Dienstzeit war das Dorf leer wie eine ausgelaufene Jauchegrube – und erst abends gegen sieben, nachdem sie den Nachmittag verdämmert hatte, öffnete sie ihre Bude. Außerdem gab sie nicht mehr acht auf ihre Einnahmen. Sie pumpte jedem, trank mit jedem, ließ sich zum Tanz verleiten mit ihrem massigen Leib, grölte dann und fiel, wenn der Zapfenstreich nahte, in krampfhaftes Schluchzen.

Damals, als wir zum zweiten Male in das Dorf kamen, hatte ich mich gleich krank gemeldet. Ich hatte mir eine Krankheit ausgesucht, derentwegen der Arzt mich unbedingt zum Spezialarzt nach Amiens oder Paris fahren lassen mußte. Ich war gut gelaunt, als ich so gegen halb elf bei ihr klopfte. Das Dorf war vollkommen still, die leeren Straßen voll Schlamm. Ich hörte das Schlurfen der Pantoffeln wie früher, das Rascheln der Gardine, Renées Murmeln: »Ah, du bist's.« Dann huschte es freudig über ihr Gesicht. »Ah, du bist's«, widerholte sie, als die Tür auf war, »seid ihr wieder einmal da?«

»Ja«, sagte ich, warf die Mütze auf einen Stuhl und folgte ihr. »Bring das Beste, was du hast.«

»Das Beste, was ich habe?« fragte sie ratlos.

Sie wischte ihre Hände am Kittel ab. »Ich hab Kartoffeln geschält, entschuldige.« Dann gab sie mir ihre Hand; ihre Hand war noch immer klein und fest, eine hübsche Hand.

Ich setzte mich auf einen Barstuhl, nachdem ich von innen den Riegel vorgeschoben hatte.

Sie selbst stand ziemlich unschlüssig hinter der Theke.

»Das Beste, was ich habe?« fragte sie ratlos.

»Ja«, sagte ich, »los.«

»Hm«, machte sie, »ist aber sündhaft teuer.«

»Macht nichts, ich hab Geld.«

»Gut«, sie wischte noch einmal ihre Hände ab. Die Zungen-

spitze erschien zum Zeichen äußerster Ratlosigkeit zwischen den fahlen Lippen.
»Hast du etwas dagegen, wenn ich mich mit meinen Kartoffeln zu dir setze?«
»Aber nein«, sagte ich, »los, trink einen mit mir.«
Als sie verschwunden war hinter dieser schmalen, braunen, verkratzten Tür, die zu ihrer Küche führte, blickte ich mich um. Es war alles noch wie voriges Jahr. Über der Theke hing das Bild ihres angeblichen Mannes, eines hübschen Marinesoldaten mit schwarzem Schnurrbart, ein buntes Foto, das den Burschen umrahmt von einem Rettungsring zeigte, auf den man »Patrie« gemalt hatte. Dieser Bursche hatte kalte Augen, ein brutales Kinn und einen ausgesprochen patriotischen Mund. Ich mochte ihn nicht. Daneben hingen ein paar Blumenbilder und süßlich sich küssende Paare. Alles war wie vor einem Jahr. Vielleicht war die Einrichtung etwas schäbiger, aber hätte sie noch schäbiger werden können? An dem Barstuhl, auf dem ich hockte, war das eine Bein geleimt – ich wußte noch genau, daß es bei einer Schlägerei Friedrichs mit Hans kaputtgegangen war, einer Schlägerei um ein häßliches Mädchen namens Lisette –, und dieses Bein zeigte noch genau die trostlose Rotznase von der Leimspur, die man vergessen hatte, mit Glaspapier wegzureiben.
»Cherry Brandy«, sagte Renée, die in der Linken eine Pulle und unter den rechten Arm geklemmt eine Spülschüssel mit Kartoffeln und Kartoffelschalen trug.
»Gut?« fragte ich.
Sie schnalzte mit den Lippen. »Beste Qualität, mein Lieber, wirklich gut.«
»Schenk ein, bitte.«
Sie stellte die Flasche auf die Theke, ließ die Schüssel auf einen kleinen Hocker hinter der Theke gleiten und nahm zwei Gläser aus dem Schrank. Dann füllte sie die flachen Schalen mit dem roten Zeug.
»Prost, Renée«, sagte ich.

»Prost, mein Junge«, sagte sie.
»Nun erzähl mir was. Nichts Neues?«
»Ach«, sagte sie, während sie flink die Kartoffeln weiterschälte, »nichts Neues. Ein paar sind wieder mit Geld durchgegangen, Gläser haben sie mir kaputtgeschmissen. Die gute Jacqueline kriegt wieder ein Kind und weiß nicht von wem. Regen hat es geregnet, und Sonne hat es geschienen, ich bin eine alte Frau geworden und mache hier weg.«
»Weg machst du, Renée?«
»Ja«, sagte sie ruhig. »Du kannst es mir glauben, es macht keinen Spaß mehr. Die Jungen haben immer weniger Geld, werden immer frecher, die Schnäpse werden schlechter und teurer. Prost, mein Junge!«
»Prost, Renée!«
Wir tranken beide das wirklich gute, feurig rote Zeug, und ich schenkte sofort wieder ein.
»Prost!«
»Prost!«
»So«, sagte sie endlich und warf die letzte geschälte Kartoffel in einen halb mit Wasser gefüllten Kessel, »das genügt für heute. Jetzt will ich mir die Finger waschen gehen, daß dir der Kartoffelgeruch aus der Nase kommt. Stinken Kartoffeln nicht gräßlich, findest du nicht, daß Kartoffelschalen gräßlich stinken?«
»Ja«, sagte ich.
»Du bist ein guter Junge.«
Sie verschwand wieder in der Küche.
Der Cherry war wirklich großartig. Ein süßes Feuer aus Kirschen floß in mich hinein, und ich vergaß diesen dreckigen Krieg.
»So gefall ich dir besser, wie?«
Sie stand nun richtig angezogen in der Tür mit einer gelblichen Bluse, und man roch, daß sie ihre Finger mit guter Seife gewaschen hatte.
»Prost!« sagte ich.
»Prost!« sagte sie.

»Du machst wirklich weg, das ist nicht dein Ernst?«
»Doch«, sagte sie, »mein voller Ernst.«
»Prost!« sagte ich und schenkte ein.
»Nein«, sagte sie, »erlaube, daß ich Limonade trinke, ich kann so früh nicht.«
»Gut, aber erzähle.«
»Ja«, sagte sie, »ich kann nicht mehr.« Sie blickte mich an, und in ihren Augen, diesen verschwommenen, geschwollenen Augen, war eine furchtbare Angst. »Hörst du, mein Junge, ich kann nicht mehr. Das macht mich verrückt, diese Stille. Horch doch mal.« Sie faßte meinen Arm so fest, daß ich erschrak und wirklich horchte. Und es war seltsam: es war nichts zu hören, und doch war es nicht still, etwas Unbeschreibliches war in der Luft, etwas wie Gurgeln: das Geräusch der Stille.
»Hörst du«, sagte sie, und es war etwas Triumphierendes in ihrer Stimme, »das ist wie ein Misthaufen.«
»Misthaufen?« fragte ich. »Prost!«
»Ja«, sagte sie und trank einen Schluck Limonade. »Es ist genau wie ein Misthaufen, dieses Geräusch. Ich bin vom Lande, weißt du, oben aus einem Nest bei Dieppe, und wenn ich zu Hause abends im Bett lag, dann hörte ich das ganz genau: es war still und doch nicht still, und später hab ich es gewußt: das ist der Misthaufen, dieses unbestimmte Knacken und Gurgeln und Schlurfen und Schmatzen, wenn die Leute meinen, es ist still. Dann arbeitet der Misthaufen, Misthaufen arbeiten immer, es ist genau dasselbe Geräusch. Hör doch mal!« Sie faßte mich wieder so fest am Arm und blickte mich wieder mit ihren verschwommenen und geschwollenen Augen so eindringlich und flehend an . . .
Aber ich schenkte mir wieder ein und sagte: »Ja«, und obwohl ich sie genau verstand und auch dieses seltsame, scheinbar so sinnlose Geräusch der gurgelnden Stille vernahm, ich fürchtete mich nicht wie sie, ich fühlte mich behütet, obwohl es trostlos war, da zu hocken in diesem

dreckigen Nest, in diesem dreckigen Krieg, und mit einer desperaten Kneipenwirtin morgens um elf Uhr Cherry Brandy zu trinken.

»Still«, sagte sie dann, »horch jetzt.« In der Ferne hörte ich jetzt das regelmäßige, sehr eintönige Singen der Kompanie, die vom Dienst zurückkam.

Aber sie hielt sich nur die Ohren zu.

»Nein«, sagte sie, »das nicht! Das ist das Schlimmste. Jeden Morgen um dieselbe Minute dieses lustlose Singen, das macht mich ganz verrückt.«

»Prost«, sagte ich lachend und goß ein, »hör doch mal.«

»Nein«, schrie sie, »deshalb will ich ja weg, das macht mich krank.«

Sie hielt sich standhaft die Ohren zu, während ich ihr zulächelte, weitertrank und den Gesang verfolgte, der immer näher kam und sich wirklich bedrohlich anhörte in der Stille des Dorfes. Auch das Geräusch der Stiefel wurde nun laut, das Schimpfen der Unteroffiziere in den Pausen, wenn nicht gesungen wurde, und das Rufen des Oberleutnants, der immer wieder Mut und Kraft fand, zu schreien: »Ein Lied, ein Lied!«

»Ich kann nicht mehr«, flüsterte Renée, die fast in Tränen ausbrach vor Erschöpfung und sich tapfer die Ohren zuhielt, »das macht mich ganz krank, so auf dem Misthaufen zu liegen und zu hören, wie sie singen . . .«

Ich stand ganz allein am Fenster diesmal, als sie vorübermarschierten, Reihe um Reihe, Gesicht um Gesicht, hungrig und müde, mit einer fast begeisterten Verbitterung in den Gesichtern, und doch lustlos und griesgrämig und in ihren Augen irgendwo die Angst . . .

»Komm«, sagte ich zu Renée, als sie einmarschiert waren und der Gesang verklungen war. Ich nahm ihr die Hände von den Ohren. »Sei doch nicht so dumm.«

»Nein«, sagte sie hartnäckig, »ich bin nicht dumm, ich geh hier weg, ich mach irgendwo ein Kino auf, in Dieppe oder Abbéville.«

»Und was wird aus uns, denk doch an uns.«

»Meine Nichte kommt hierher«, sagte sie und blickte mich an, »ein hübsches, junges Ding, das wird Schwung in den Laden bringen, ich habe mich entschlossen, meiner Nichte den Laden zu geben.«

»Wann«, fragte ich.

»Morgen.«

»Morgen schon?« fragte ich erschreckt.

»Ach«, sagte sie lachend, »sie ist doch jung und hübsch. Sieh hier!« Sie zog ein Foto aus ihrer Schublade, aber das Mädchen auf dem Bild sah gar nicht sympathisch aus, sie war jung und hübsch, aber kalt, und sie hatte genau den patriotischen Mund wie der Mann, der auf dem Bild über der Theke war mit seinem Rettungsring ...

»Prost«, sagte ich traurig, »morgen schon.«

»Prost«, sagte sie und schenkte auch sich ein.

Die Flasche war leer, und ich schien auf dem Barstuhl zu schwanken wie ein Schiff auf hoher See, und doch waren meine Gedanken klar.

»Zahlen, bitte«, sagte ich.

»Dreihundert«, sagte sie.

Aber als ich die Scheine zückte, winkte sie ganz plötzlich und sagte: »Nein, laß nur, zum Abschied. Du bist der einzige, der mir je ein bißchen gefallen hat. Versauf es bei meiner Nichte, wenn du willst. Morgen.«

»Auf Wiedersehen«, und sie winkte mir zu, und ich sah im Hinausgehen, wie sie die Gläser in das Nickelbecken tauchte, um sie zu spülen, und ich wußte, daß die Nichte niemals so hübsche, kleine, feste Hände haben würde wie sie, denn die Hände sind fast wie der Mund, und es mußte furchtbar sein, wenn sie patriotische Hände hatte ...

Auch Kinder sind Zivilisten

»Es geht nicht«, sagte der Posten mürrisch.
»Warum?« fragte ich.
»Weils's verboten ist.«
»Warum ist's verboten?«
»Weil's verboten ist, Mensch, es ist für Patienten verboten, rauszugehen.«
»Ich«, sagte ich stolz, »ich bin doch verwundet.«
Der Posten blickte mich verächtlich an: »Du bist wohl's erstemal verwundet, sonst wüßtest du, daß Verwundete auch Patienten sind, na geh schon jetzt.«
Aber ich konnte es nicht einsehen.
»Versteh mich doch«, sagte ich, »ich will ja nur Kuchen kaufen von dem Mädchen da.«
Ich zeigte nach draußen, wo ein hübsches kleines Russenmädchen im Schneegestöber stand und Kuchen feilhielt.
»Mach, daß du reinkommst!«
Der Schnee fiel leise in die riesigen Pfützen auf dem schwarzen Schulhof, das Mädchen stand da, geduldig, und rief leise immer wieder: »Chuchen ... Chuchen ...«
»Mensch«, sagte ich zu dem Posten, »mir läuft's Wasser im Munde zusammen, dann laß doch das Kind eben reinkommen.«
»Es ist verboten, Zivilisten reinzulassen.«
»Mensch«, sagte ich, »das Kind ist doch ein Kind.«
Er blickte mich wieder verächtlich an. »Kinder sind wohl keine Zivilisten, was?«
Es war zum Verzweifeln, die leere, dunkle Straße war von Schneestaub eingehüllt, und das Kind stand ganz allein da und rief immer wieder: »Chuchen ...«, obwohl niemand vorbeikam.
Ich wollte einfach rausgehen, aber der Posten packte mich schnell am Ärmel und wurde wütend. »Mensch«, schrie er, »hau jetzt ab, sonst hol ich den Feldwebel.«
»Du bist ein Rindvieh«, sagte ich zornig.

»Ja«, sagte der Posten befriedigt, »wenn man noch 'ne Dienstauffassung hat, ist man bei euch ein Rindvieh.«
Ich blieb noch eine halbe Minute im Schneegestöber stehen und sah, wie die weißen Flocken zu Dreck wurden; der ganze Schulhof war voll Pfützen, und dazwischen lagen kleine weiße Inseln wie Puderzucker. Plötzlich sah ich, wie das hübsche kleine Mädchen mir mit den Augen zwinkerte und scheinbar gleichgültig die Straße hinunterging. Ich ging auf der Innenseite der Mauer nach.
»Verdammt«, dachte ich, »ob ich denn tatsächlich ein Patient bin?« Und dann sah ich, daß da ein kleines Loch in der Mauer war neben dem Pissoir, und vor dem Loch stand das Mädchen mit dem Kuchen. Der Posten konnte uns hier nicht sehen. Der Führer segne deine Dienstauffassung, dachte ich.
Die Kuchen sahen prächtig aus: Makronen und Buttercremeschnitten, Hefekringel und Nußecken, die von Öl glänzten. »Was kosten sie?« fragte ich das Kind.
Sie lächelte, hob mir den Korb entgegen und sagte mit ihrem feinen Stimmchen: »Dreimarkfinfzig das Stick.«
»Jedes?«
»Ja«, nickte sie.
Der Schnee fiel auf ihr feines, blondes Haar und puderte sie mit flüchtigem silbernen Staub; ihr Lächeln war einfach entzückend. Die düstere Straße hinter ihr war ganz leer, und die Welt schien tot ...
Ich nahm einen Hefekringel und kostete ihn. Das Zeug schmeckte prachtvoll, es war Marzipan darin. »Aha«, dachte ich, »deshalb sind die auch so teuer wie die anderen.«
Das Mädchen lächelte.
»Gut?« fragte sie. »Gut?«
Ich nickte nur: mir machte die Kälte nichts, ich hatte einen dicken Kopfverband und sah aus wie Theodor Körner. Ich probierte noch eine Buttercremeschnitte und ließ das prachtvolle Zeug langsam im Munde zerschmelzen. Und wieder lief mir das Wasser im Munde zusammen ...

»Komm«, sagte ich leise, »ich nehme alles, wieviel hast du?«
Sie fing vorsichtig mit einem zarten, kleinen, ein bißchen schmutzigen Zeigefinger an zu zählen, während ich eine Nußecke verschluckte. Es war sehr still, und es schien mir fast, als wäre ein leises sanftes Weben in der Luft von den Schneeflocken. Sie zählte sehr langsam, verzählte sich ein paarmal, und ich stand ganz ruhig dabei und aß noch zwei Stücke. Dann hob sie ihre Augen plötzlich zu mir, so erschreckend senkrecht, daß ihre Pupillen ganz nach oben standen, und das Weiße in den Augen war so dünnblau wie Magermilch. Irgend etwas zwitscherte sie mir auf Russisch zu, aber ich zuckte lächelnd die Schultern, und dann bückte sie sich und schrieb mit ihren schmutzigen Fingerchen eine 45 in den Schnee; ich zählte meine fünf dazu und sagte: »Gib mir auch den Korb, ja?«
Sie nickte und reichte mir den Korb vorsichtig durch das Loch, ich langte zwei Hundertmarkscheine hinaus. Geld hatten wir satt, für einen Mantel bezahlten die Russen siebenhundert Mark, und wir hatten drei Monate nichts gesehen als Dreck und Blut, ein paar Huren und Geld . . .
»Komm morgen wieder, ja?« sagte ich leise, aber sie hörte nicht mehr auf mich, ganz flink war sie weggehuscht, und als ich traurig meinen Kopf durch die Mauerlücke steckte, war sie schon verschwunden, und ich sah nur die stille russische Straße, düster und vollkommen leer; die flachdachigen Häuser schienen langsam von Schnee zugedeckt zu werden. Lange stand ich so da wie ein Tier, das mit traurigen Augen aus der Hürde hinausblickt, und erst als ich spürte, daß mein Hals steif wurde, nahm ich den Kopf ins Gefängnis zurück.
Und jetzt erst roch ich, daß es da in der Ecke abscheulich stank, nach Pissoir, und die hübschen kleinen Kuchen waren alle mit einem zarten Zuckerguß von Schnee bedeckt. Ich nahm müde den Korb und ging aufs Haus zu; mir war nicht kalt, ich sah ja aus wie Theodor Körner und hätte noch eine Stunde im Schnee stehen können. Ich ging, weil

ich doch irgendwohin gehen mußte. Man muß doch irgendwohin gehen, das muß man doch. Man kann ja nicht stehenbleiben und sich zuschneien lassen. Irgendwohin muß man gehen, auch wenn man verwundet ist in einem fremden, schwarzen, sehr dunklen Land . . .

So ein Rummel

Die Frau ohne Unterleib erwies sich als eines der charmantesten Frauenzimmer, das ich je gesehen hatte, sie trug einen entzückenden sombreroartigen Strohhut, denn als bescheidene Hausfrau hatte sie sich an die Sonnenseite jener kleinen Terrasse gesetzt, die neben ihrem Wohnwagen angebracht war. Ihre drei Kinder spielten unter der Terrasse ein sehr originelles Spiel, das nannten sie »Neandertaler«. Die beiden jüngeren, Junge und Mädchen, mußten das Neandertalpaar abgeben, und der größere, acht Jahre alt, ein blonder Bengel, der während des Dienstes den Sohn der »dicken Susi« abgeben mußte, dieser Bursche spielte den modernen Forscher, der die Neandertaler findet. Er wollte mit aller Gewalt seinen jüngeren Geschwistern die Kinnladen aushängen, um sie in sein Museum zu bringen.

Die Frau ohne Unterleib klopfte mehrmals mit ihren Holzsohlen auf den Boden der Terrasse, denn ein wildes Geschrei drohte unsere beginnende Unterhaltung zu ersticken. Der Kopf des Älteren erschien über der niedrigen Balustrade, die mit rotblühenden Geranien geschmückt war, und fragte mürrisch: »Ja?«

»Laß die Quälerei«, sagte seine Mutter, wobei sie in ihren sanften grauen Augen eine Belustigung unterdrückte, »spielt doch Bunker oder Totalgeschädigt.«

Der Junge murmelte mißmutig etwas, das sich fast wie »Quatsch« anhörte, tauchte dann unter, schrie unten: »Es brennt, das ganze Haus brennt.« Leider konnte ich nicht verfolgen, wie das Spiel »Totalgeschädigt« weiterging, denn die Frau ohne Unterleib fixierte mich jetzt etwas schärfer; im Schatten ihres breitrandigen Hutes, durch den warm und rot die Sonne leuchtete, sah sie viel zu jung aus, um Mutter dreier Kinder zu sein und täglich bei fünf Vorstellungen die harten Aufgaben der Frau ohne Unterleib zu erfüllen.

»Sie sind . . .«, sagte sie.
»Nichts«, sagte ich, »absolut nichts. Sehen Sie mich als einen Vertreter des Nichts an . . .«
»Sie sind«, fuhr sie ruhig fort, »vermutlich Schwarzhändler gewesen.«
»Jawohl«, sagte ich.
Sie zuckte die Schultern. »Es wird nicht viel zu machen sein. Auf jeden Fall, wo wir Sie auch gebrauchen können, müssen Sie arbeiten, arbeiten, verstehen Sie?«
»Meine Dame«, entgegnete ich, »vielleicht stellen Sie sich das Leben eines Schwarzhändlers allzu rosig vor. Ich, ich war sozusagen an der Front.«
»Wie?« Sie klopfte wieder mit dem Holzabsatz auf den Boden der Terrasse, denn die Kinder hatten nun ein ziemlich langanhaltendes wildes Geheul angestimmt. Wieder erschien der Kopf des Jungen über der Balustrade.
»Nun?« fragte er kurz.
»Spielt jetzt Flüchtling«, sagte die Frau ruhig, »ihr müßt jetzt abhauen aus der brennenden Stadt, verstehst du?«
Wieder verschwand der Kopf des Jungen, und die Frau fragte mich: »Wie?«
Oh, sie hatte den Faden durchaus nicht verloren.
»Ganz vorne«, sagte ich, »ich war ganz vorne. Glauben Sie, das war ein leichtes Brot?«
»An der Ecke?«
»Sozusagen am Bahnhof, wissen Sie?«
»Gut. Und nun?«
»Möchte ich irgendeine Beschäftigung haben. Ich bin nicht faul, durchaus nicht faul, meine Dame.«
»Sie verzeihen«, sagte sie. Sie wandte mir jetzt ihr zartes Profil zu und rief in den Wagen hinein: »Carlino, kocht das Wasser noch nicht?«
»Moment«, rief eine gleichgültige Stimme, »ich bin schon beim Aufschütten.«
»Trinkst du mit?«
»Nein.«

»Dann bring zwei Tassen, bitte. Sie trinken doch eine Tasse mit?«
Ich nickte. »Und ich lade Sie zu einer Zigarette ein.«
Das Geschrei unter der Terrasse wurde nun so wild, daß wir kein Wort mehr hätten verstehen können. Die Frau ohne Unterleib beugte sich über den Geranienkasten und rief: »Jetzt müßt ihr fliehen, schnell, schnell ... die Russen stehen schon vor dem Dorf ...«
»Mein Mann«, sagte sie, sich zurückwendend, »ist nicht da, aber in Personalfragen kann ich ...«
Wir wurden unterbrochen von Carlino, einem schmalen, stillen, dunklen Burschen mit einem Haarnetz über dem Kopf, der Tassen und Kaffeekanne brachte. Er blickte mich mißtrauisch an.
»Warum willst du nichts trinken?« fragte ihn die Frau, da er sich ganz kurz wieder abwandte.
»Keine Lust«, murmelte er, im Wagen verschwindend.
»In Personalfragen kann ich ziemlich selbständig entscheiden, allerdings etwas müssen Sie schon können. Nichts ist nichts.«
»Meine Dame«, sagte ich demütig, »vielleicht kann ich die Räder schmieren oder die Zelte abbrechen, Traktor fahren oder dem Mann mit den Riesenkräften als Prügelknabe dienen ...«
»Traktor fahren«, sagte sie, »ist nichts, und die Räder schmieren ist eine kleine Kunst.«
»Oder bremsen«, sagte ich. »Schiffschaukel bremsen ...«
Sie zog hochmütig die Brauen hoch, und zum ersten Male blickte sie mich ein wenig verächtlich an. »Bremsen«, sagte sie kalt, »ist eine Wissenschaft, ich vermute, Sie würden allen Leuten die Hälse brechen. Carlino ist Bremser.«
»Oder ...«, wollte ich zaghaft wieder vorschlagen, aber ein kleines dunkelhaariges Mädchen mit einer Narbe über der Stirn kam jetzt eifrig jene kleine Treppe herauf, die mich so lebhaft an ein Fallreep erinnerte. Sie stürzte sich in den Schoß der Mutter und schluchzte empört:

»Ich soll sterben . . .«
»Wie?« fragte die Frau ohne Unterleib entsetzt.
»Ich soll das Flüchtlingskind sein, das erfriert, und Fredi will meine Schuhe und alles verscheuern . . .«
»Ja«, sagte die Mutter, »wenn ihr Flüchtling spielt.«
»Aber ich«, sagte das Kind, »ich soll immer sterben. Immer bin ich es, die sterben soll. Wenn wir Bomben spielen, Krieg oder Seiltänzer, immer muß ich sterben.«
»Sag Fredi, er soll sterben, ich hätte gesagt, er sei jetzt an der Reihe mit Sterben.« Das Mädchen entlief.
»Oder?« fragte mich die Frau ohne Unterleib. Oh, sie verlor den Faden nicht so leicht.
»Oder Nägel geradeklopfen, Kartoffeln schälen, Suppe verteilen, was weiß ich«, rief ich verzweifelt, »geben Sie mir eine Chance . . .«
Sie drückte die Zigarette aus, goß uns beiden noch einmal ein und blickte mich an, lange und lächelnd, dann sagte sie: »Ich werde Ihnen eine Chance geben. Sie können rechnen, nicht wahr, es gehört sozusagen zu Ihrem bisherigen Beruf und« – sie druckste ein bißchen – »ich werde Ihnen die Kasse geben.«
Ich konnte nichts sagen, ich war wirklich sprachlos, ich stand auf und küßte ihre kleine Hand. Dann schwiegen wir, es war sehr still, und es war nichts zu hören als ein sanftes Singen von Carlino aus dem Wagen, jenes Singen, dem ich entnehmen konnte, daß er sich rasierte . . .

An der Brücke

Die haben mir meine Beine geflickt und haben mir einen Posten gegeben, wo ich sitzen kann: ich zähle die Leute, die über die neue Brücke gehen. Es macht ihnen ja Spaß, sich ihre Tüchtigkeit mit Zahlen zu belegen, sie berauschen sich an diesem sinnlosen Nichts aus ein paar Ziffern, und den ganzen Tag, den ganzen Tag geht mein stummer Mund wie ein Uhrwerk, indem ich Nummer auf Nummer häufe, um ihnen abends den Triumph einer Zahl zu schenken.
Ihre Gesichter strahlen, wenn ich ihnen das Ergebnis meiner Schicht mitteile, je höher die Zahl, um so mehr strahlen sie, und sie haben Grund, sich befriedigt ins Bett zu legen, denn viele Tausende gehen täglich über ihre neue Brücke . . .
Aber ihre Statistik stimmt nicht. Es tut mir leid, aber sie stimmt nicht. Ich bin ein unzuverlässiger Mensch, obwohl ich es verstehe, den Eindruck von Biederkeit zu erwecken.
Insgeheim macht es mir Freude, manchmal einen zu unterschlagen und dann wieder, wenn ich Mitleid empfinde, ihnen ein paar zu schenken. Ihr Glück liegt in meiner Hand. Wenn ich wütend bin, wenn ich nichts zu rauchen habe, gebe ich nur den Durchschnitt an, manchmal unter dem Durchschnitt, und wenn mein Herz aufschlägt, wenn ich froh bin, lasse ich meine Großzügigkeit in einer fünfstelligen Zahl verströmen. Sie sind ja so glücklich! Sie reißen mir förmlich das Ergebnis jedesmal aus der Hand, und ihre Augen leuchten auf, und sie klopfen mir auf die Schulter. Sie ahnen ja nichts! Und dann fangen sie an zu multiplizieren, zu dividieren, zu prozentualisieren, ich weiß nicht was. Sie rechnen aus, wieviel heute jede Minute über die Brücke gehen und wieviel in zehn Jahren über die Brücke gegangen sein werden. Sie lieben das zweite Futur, das zweite Futur ist ihre Spezialität – und doch, es tut mir leid, daß alles nicht stimmt . . .
Wenn meine kleine Geliebte über die Brücke kommt – und sie kommt zweimal am Tage –, dann bleibt mein Herz ein-

fach stehen. Das unermüdliche Ticken meines Herzens setzt einfach aus, bis sie in die Allee eingebogen und verschwunden ist. Und alle, die in dieser Zeit passieren, verschweige ich ihnen. Diese zwei Minuten gehören mir, mir ganz allein, und ich lasse sie mir nicht nehmen. Und auch wenn sie abends wieder zurückkommt aus ihrer Eisdiele, wenn sie auf der anderen Seite des Gehsteiges meinen stummen Mund passiert, der zählen, zählen muß, dann setzt mein Herz wieder aus, und ich fange erst wieder an zu zählen, wenn sie nicht mehr zu sehen ist. Und alle, die das Glück haben, in diesen Minuten vor meinen blinden Augen zu defilieren, gehen nicht in die Ewigkeit der Statistik ein: Schattenmänner und Schattenfrauen, nichtige Wesen, die im zweiten Futur der Statistik nicht mitmarschieren werden . . .

Es ist klar, daß ich sie liebe. Aber sie weiß nichts davon, und ich möchte auch nicht, daß sie es erfährt. Sie soll nicht ahnen, auf welche ungeheure Weise sie alle Berechnungen über den Haufen wirft, und ahnungslos und unschuldig soll sie mit ihren langen braunen Haaren und den zarten Füßen in ihre Eisdiele marschieren, und sie soll viel Trinkgeld bekommen. Ich liebe sie. Es ist ganz klar, daß ich sie liebe.

Neulich haben sie mich kontrolliert. Der Kumpel, der auf der anderen Seite sitzt und die Autos zählen muß, hat mich früh genug gewarnt, und ich habe höllisch aufgepaßt. Ich habe gezählt wie verrückt, ein Kilometerzähler kann nicht besser zählen. Der Oberstatistiker selbst hat sich drüben auf die andere Seite gestellt und hat später das Ergebnis einer Stunde mit meinem Stundenplan verglichen. Ich hatte nur einen weniger als er. Meine kleine Geliebte war vorbeigekommen, und niemals im Leben werde ich dieses hübsche Kind ins zweite Futur transponieren lassen, diese meine kleine Geliebte soll nicht multipliziert und dividiert und in ein prozentuales Nichts verwandelt werden. Mein Herz hat mir geblutet, daß ich zählen mußte, ohne ihr nachsehen zu können, und dem Kumpel drüben, der die Autos zählen muß, bin ich sehr dankbar gewesen. Es ging ja glatt um meine Existenz.

Der Oberstatistiker hat mir auf die Schulter geklopft und hat gesagt, daß ich gut bin, zuverlässig und treu. »Eins in der Stunde verzählt«, hat er gesagt, »macht nicht viel. Wir zählen sowieso einen gewissen prozentualen Verschleiß hinzu. Ich werde beantragen, daß Sie zu den Pferdewagen versetzt werden.«

Pferdewagen ist natürlich die Masche. Pferdewagen ist ein Lenz wie nie zuvor. Pferdewagen gibt es höchstens fünfundzwanzig am Tage, und alle halbe Stunde einmal in seinem Gehirn die nächste Nummer fallen zu lassen, das ist ein Lenz!

Pferdewagen wäre herrlich. Zwischen vier und acht dürfen überhaupt keine Pferdewagen über die Brücke, und ich könnte spazierengehen oder in die Eisdiele, könnte sie mir lange anschauen oder sie vielleicht ein Stück nach Hause bringen, meine kleine ungezählte Geliebte ...

Abschied

Wir waren in jener gräßlichen Stimmung, wo man schon lange Abschied genommen hat, sich aber noch nicht zu trennen vermag, weil der Zug noch nicht abgefahren ist. Die Bahnhofshalle war wie alle Bahnhofshallen, schmutzig und zugig, erfüllt von dem Dunst der Abdämpfe und vom Lärm, Lärm von Stimmen und Wagen.

Charlotte stand am Fenster des langen Flurs, und sie wurde dauernd von hinten gestoßen und beiseite gedrängt, und es wurde viel über sie geflucht, aber wir konnten uns doch diese letzten Minuten, diese kostbarsten letzten gemeinsamen unseres Lebens nicht durch Winkzeichen aus einem überfüllten Abteil heraus verständigen.

»Nett«, sagte ich schon zum drittenmal, »wirklich nett, daß du bei mir vorbeigekommen bist.«

»Ich bitte dich, wo wir uns schon so lange kennen. Fünfzehn Jahre.«

»Ja, ja, wir sind jetzt dreißig, immerhin ... kein Grund ...«

»Hör auf, ich bitte dich. Ja, wir sind jetzt dreißig. So alt wie die russische Revolution ...«

»So alt wie der Dreck und der Hunger ...«

»Ein bißchen jünger ...«

»Du hast recht, wir sind furchtbar jung.« Sie lachte.

»Sagtest du etwas?« fragte sie nervös, denn sie war von hinten mit einem schweren Koffer gestoßen worden ...

»Nein, es war mein Bein.«

»Da mußt du was dran tun.«

»Ja, ich tu was dran, es redet wirklich zu viel ...«

»Kannst du überhaupt noch stehen?«

»Ja ...«, und ich wollte ihr eigentlich sagen, daß ich sie liebte, aber ich kam nicht dazu, schon seit fünfzehn Jahren ...

»Was?«

»Nichts ... Schweden, du fährst also nach Schweden ...«

»Ja, ich schäme mich ein bißchen . . . eigentlich gehört das doch zu unserem Leben, Dreck und Lumpen und Trümmer, und ich schäme mich ein bißchen. Ich komme mir scheußlich vor . . .«
»Unsinn, du gehörst doch dahin, freu dich auf Schweden . . .«
»Manchmal freu ich mich auch, weißt du, das Essen, das muß herrlich sein, und nichts, gar nichts kaputt. Er schreibt ganz begeistert . . .«
Die Stimme, die immer sagt, wann die Züge abfahren, erklang jetzt einen Bahnsteig näher, und ich erschrak, aber es war noch nicht unser Bahnsteig. Die Stimme kündigte nur einen internationalen Zug von Rotterdam nach Basel an, und während ich Charlottes kleines, zartes Gesicht betrachtete, kam der Geruch von Seife und Kaffee mir in den Sinn, und ich fühlte mich scheußlich elend.
Einen Augenblick lang fühlte ich den verzweifelten Mut, diese kleine Person einfach aus dem Fenster zu zerren und hier zu behalten, sie gehörte mir doch, ich liebte sie ja . . .
»Was ist?«
»Nichts«, sagte ich, »freu dich auf Schweden . . .«
»Ja. Er hat eine tolle Energie, findest du nicht? Drei Jahre gefangen in Rußland, abenteuerliche Flucht, und jetzt liest er da schon über Rubens.«
»Toll, wirklich toll . . .«
»Du mußt auch was tun, promovier doch wenigstens . . .«
»Halt die Schnauze!«
»Was?« fragte sie entsetzt. »Was?« Sie war ganz bleich geworden.
»Verzeih«, flüsterte ich, »ich meine nur das Bein, ich rede manchmal mit ihm . . .«
Sie sah absolut nicht nach Rubens aus, sie sah eher nach Picasso aus, und ich fragte mich dauernd, warum er sie bloß geheiratet haben mochte, sie war nicht einmal hübsch, und ich liebte sie.
Auf dem Bahnsteig war es ruhiger geworden, alle waren

untergebracht, und nur noch ein paar Abschiedsleute standen herum. Jeden Augenblick würde die Stimme sagen, daß der Zug abfahren soll. Jeder Augenblick konnte der letzte sein . . .

»Du mußt doch etwas tun, irgend etwas, es geht so nicht.«

»Nein«, sagte ich.

Sie war das gerade Gegenteil von Rubens: schlank, hochbeinig, nervös, und sie war so alt wie die russische Revolution, so alt wie der Hunger und der Dreck in Europa und der Krieg . . .

»Ich kann's gar nicht glauben . . . Schweden . . . es ist wie ein Traum . . .«

»Es ist ja alles ein Traum.«

»Meinst du?«

»Gewiß. Fünfzehn Jahre. Dreißig Jahre . . . Noch dreißig Jahre. Warum promovieren, lohnt sich nicht. Sei still, verdammt!«

»Redest du mit dem Bein?«

»Ja.«

»Was sagt es denn?«

»Horch.« Wir waren ganz still und blickten uns an und lächelten, und wir sagten es uns, ohne ein Wort zu sprechen. Sie lächelte mir zu: »Verstehst du jetzt, ist es gut?«

»Ja . . . ja.«

»Wirklich?«

»Ja, ja.«

»Siehst du«, fuhr sie leise fort, »das ist es ja gar nicht, daß man zusammen ist und alles. Das ist es ja gar nicht, nicht wahr?«

Die Stimme, die sagt, wann die Züge abfahren, war jetzt ganz genau über mir, amtlich und sauber, und ich zuckte zusammen, als schwinge sich eine große, graue, behördliche Peitsche durch die Halle. »Auf Wiedersehen!«

»Auf Wiedersehen!«

Ganz langsam fuhr der Zug an und entfernte sich im Dunkel der großen Halle . . .

Die Botschaft

Kennen Sie jene Drecknester, wo man sich vergebens fragt, warum die Eisenbahn dort eine Station errichtet hat; wo die Unendlichkeit über ein paar schmutzigen Häusern und einer halbverfallenen Fabrik erstarrt scheint; ringsum Felder, die zur ewigen Unfruchtbarkeit verdammt sind; wo man mit einem Male spürt, daß sie trostlos sind, weil kein Baum und nicht einmal ein Kirchturm zu sehen ist? Der Mann mit der roten Mütze, der den Zug endlich, endlich wieder abfahren läßt, verschwindet unter einem großen Schild mit hochtönendem Namen, und man glaubt, daß er nur bezahlt wird, um zwölf Stunden am Tage mit Langeweile zugedeckt zu schlafen. Ein grauverhangener Horizont über öden Äckern, die niemand bestellt.

Trotzdem war ich nicht der einzige, der ausstieg; eine alte Frau mit einem großen braunen Paket entstieg dem Abteil neben mir, aber als ich den kleinen schmuddeligen Bahnhof verlassen hatte, war sie wie von der Erde verschluckt, und ich war einen Augenblick ratlos, denn ich wußte nun nicht, wen ich nach dem Wege fragen sollte. Die wenigen Backsteinhäuser mit ihren toten Fenstern und gelblichgrünen Gardinen sahen aus, als könnten sie unmöglich bewohnt sein, und quer zu dieser Andeutung einer Straße verlief eine schwarze Mauer, die zusammenzubrechen schien. Ich ging auf die finstere Mauer zu, denn ich fürchtete mich, an eins dieser Totenhäuser zu klopfen. Dann bog ich um die Ecke und las gleich neben dem schmierigen und kaum lesbaren Schild »Wirtschaft« deutlich und klar mit weißen Buchstaben auf blauem Grund »Hauptstraße«. Wieder ein paar Häuser, die eine schiefe Front bildeten, zerbröckelnder Verputz, und gegenüber, lang und fensterlos, die düstere Fabrikmauer wie eine Barriere ins Reich der Trostlosigkeit. Einfach meinem Gefühl nach ging ich links herum, aber da war der Ort plötzlich zu Ende; etwa zehn Meter weit lief noch die Mauer, dann begann ein flaches, grauschwarzes Feld mit einem kaum sichtbaren grünen Schimmer, das irgendwo mit dem grauen himmelhohen Horizont zusammenlief, und ich hatte das schreckliche Gefühl, am Ende der Welt wie vor einem unendlichen Abgrund zu stehen, als sei ich verdammt, hineingezogen zu werden in diese unheimlich lockende, schweigende Brandung der völligen Hoffnungslosigkeit.

Links stand ein kleines, wie plattgedrücktes Haus, wie es sich Arbeiter nach Feierabend bauen; wankend, fast taumelnd bewegte ich mich darauf zu. Nachdem ich eine ärmliche und rührende Pforte durchschritten hatte, die von einem kahlen Heckenrosenstrauch überwachsen war, sah ich die Nummer, und ich wußte, daß ich am rechten Haus war.

Die grünlichen Läden, deren Anstrich längst verwaschen war, waren fest geschlossen, wie zugeklebt; das niedrige Dach, dessen Traufe ich mit der Hand erreichen konnte, war mit rostigen Blechplatten geflickt. Es war unsagbar still, jene Stunde, wo die Dämmerung noch eine Atempause macht, ehe sie grau und unaufhaltsam über den Rand der Ferne quillt. Ich stockte einen Augenblick lang vor der Haustür, und ich wünschte mir, ich wäre gestorben, damals ... anstatt nun hier zu stehen, um in dieses Haus zu treten. Als ich dann die Hand heben wollte, um zu klopfen, hörte ich drinnen ein girrendes Frauenlachen; dieses rätselhafte Lachen, das ungreifbar ist und je nach unserer Stimmung uns erleichtert oder uns das Herz zuschnürt. Jedenfalls konnte so nur eine Frau lachen, die nicht allein war, und wieder stockte ich, und das brennende, zerreißende Verlangen quoll in mir auf, mich hineinstürzen zu lassen in die graue Unendlichkeit des sinkenden Dämmers, die nun über dem weiten Feld hing und mich lockte, lockte ... und mit meiner allerletzten Kraft pochte ich heftig gegen die Tür.

Erst war Schweigen, dann Flüstern – und Schritte, leise Schritte von Pantoffeln, und dann öffnete sich die Tür, und ich sah eine blonde, rosige Frau, die auf mich wirkte wie eins jener unbeschreiblichen Lichter, die die düsteren Bilder Rembrandts erhellen bis in den letzten Winkel. Golden-rötlich brannte sie wie ein Licht vor mir auf in dieser Ewigkeit von Grau und Schwarz. Sie wich mit einem leisen Schrei zurück und hielt mit zitternden Händen die Tür, aber als ich meine Soldatenmütze abgenommen und mit heiserer Stimme gesagt hatte: »'n Abend«, löste sich der Krampf des Schreckens aus diesem merkwürdig formlosen Gesicht, und sie lächelte beklommen und sagte »Ja«. Im Hintergrund tauchte eine muskulöse, im Dämmer des kleinen Flures verschwimmende Männergestalt auf. »Ich möchte zu Frau Brink«, sagte ich leise. »Ja«, sagte wieder diese tonlose Stimme, die Frau stieß nervös eine Tür auf. Die Männergestalt verschwand im Dunkeln. Ich betrat eine enge Stube, die mit ärmlichen Möbeln vollgepfropft war und worin der Geruch von schlechtem Essen und sehr guten Zigaretten sich festgesetzt hatte. Ihre weiße Hand huschte zum Schalter, und als nun das Licht auf sie fiel, wirkte sie bleich und zerflossen, fast leichenhaft, nur das helle rötliche Haar war lebendig und warm. Mit immer noch zitternden Händen hielt sie das dunkelrote Kleid über den schweren Brüsten krampfhaft zusammen, obwohl es fest zugeknöpft war – fast als fürchte sie, ich könne sie erdolchen. Der Blick ihrer wäßrigen blauen Augen war ängstlich und schreckhaft, als stehe sie, eines furchtbaren Urteils gewiß, vor Gericht. Selbst die billigen Drucke an den Wänden, diese süßlichen Bilder, waren wie ausgehängte Anklagen.

»Erschrecken Sie nicht«, sagte ich gepreßt, und ich wußte im gleichen Augenblick, daß das der schlechteste Anfang war, den ich hatte wählen können, aber bevor ich fortfahren konnte, sagte sie seltsam ruhig: »Ich weiß alles, er ist tot ... tot.« Ich konnte nur nicken. Dann griff ich in meine Tasche, um ihr die letzten Habseligkeiten zu überreichen, aber im Flur rief eine brutale Stimme »Gitta!« Sie blickte mich verzweifelt an, dann riß sie die Tür auf und rief kreischend: »Warte fünf Minuten – verdammt –«, und krachend schlug die Tür wieder zu, und ich glaubte mir vorstellen zu können, wie sich der Mann feige hinter dem Ofen verkroch. Ihre Augen sahen trotzig, fast triumphierend zu mir auf.

Ich legte langsam den Trauring, die Uhr und das Soldbuch mit den verschlissenen Fotos auf die grüne samtene Tischdecke. Da schluchzte sie plötzlich wild und schrecklich wie ein Tier. Die Linien ihres Gesichtes waren völlig verwischt, schneckenhaft weich und formlos, und helle, kleine Tränen purzelten zwischen ihren kurzen, fleischigen Fingern hervor. Sie rutschte auf das Sofa und stützte sich mit der Rechten auf den Tisch, während ihre Linke mit den ärmlichen Dingen spielte. Die Erinnerung schien sie wie mit tausend Schwertern zu durchschneiden. Da wußte ich, daß der Krieg niemals zu Ende sein würde, niemals, solange noch irgendwo eine Wunde blutete, die er geschlagen hat.

Ich warf alles, Ekel, Furcht und Trostlosigkeit, von mir ab wie eine lächerliche Bürde und legte meine Hand auf die zuckende, üppige Schulter, und als sie nun das erstaunte Gesicht zu mir wandte, sah ich zum ersten Male in ihren Zügen Ähnlichkeit mit jenem Foto eines hübschen, liebevollen Mädchens, das ich wohl viele hundert Male hatte ansehen müssen, damals . . .

»Wo war es – setzen Sie sich doch –, im Osten?« Ich sah es ihr an, daß sie jeden Augenblick wieder in Tränen ausbrechen würde.

»Nein . . . im Westen, in der Gefangenschaft . . . wir waren mehr als hunderttausend . . .«

»Und wann?« Ihr Blick war gespannt und wach und unheimlich lebendig, und ihr ganzes Gesicht war gestrafft und jung – als hinge ihr Leben an meiner Antwort. »Im Juli 45«, sagte ich leise.

Sie schien einen Augenblick zu überlegen, und dann lächelte

sie – ganz rein und unschuldig, und ich erriet, warum sie lächelte.

Aber plötzlich war mir, als drohe das Haus über mir zusammenzubrechen, ich stand auf. Sie öffnete mir, ohne ein Wort zu sagen, die Tür und wollte sie mir aufhalten, aber ich wartete beharrlich, bis sie vor mir hinausgegangen war; und als sie mir ihre kleine, etwas feiste Hand gab, sagte sie mit einem trockenen Schluchzen: »Ich wußte es, ich wußte es, als ich ihn damals – es ist fast drei Jahre her – zum Bahnhof brachte«, und dann setzte sie ganz leise hinzu: »Verachten Sie mich nicht.«

Ich erschrak vor diesen Worten bis ins Herz – mein Gott, sah ich denn wie ein Richter aus? Und ehe sie es verhindern konnte, hatte ich diese kleine, weiche Hand geküßt, und es war das erste Mal in meinem Leben, daß ich einer Frau die Hand küßte.

Draußen war es dunkel geworden, und wie in Angst gebannt wartete ich noch einen Augenblick vor der verschlossenen Tür. Da hörte ich sie drinnen schluchzen, laut und wild, sie war an die Haustür gelehnt, nur durch die Dicke des Holzes von mir getrennt, und in diesem Augenblick wünschte ich wirklich, daß das Haus über ihr zusammenbrechen und sie begraben möchte.

Dann tastete ich mich langsam und unheimlich vorsichtig, denn ich fürchtete jeden Augenblick in einem Abgrund zu versinken, bis zum Bahnhof zurück. Kleine Lichter brannten in den Totenhäusern, und das ganze Nest schien weit, weit vergrößert. Selbst hinter der schwarzen Mauer sah ich kleine Lampen, die unendlich große Höfe zu beleuchten schienen.

Dicht und schwer war der Dämmer geworden, nebelhaft dunstig und undurchdringlich.

In der zugigen, winzigen Wartehalle stand außer mir noch ein älteres Paar, fröstelnd in eine Ecke gedrückt. Ich wartete lange, die Hände in den Taschen und die Mütze über die Ohren gezogen, denn es zog kalt von den Schienen

her, und immer, immer tiefer sank die Nacht wie ein ungeheures Gewicht.
»Hätte man nur etwas mehr Brot und ein bißchen Tabak«, murmelte hinter mir der Mann. Und immer wieder beugte ich mich vor, um in die sich ferne zwischen matten Lichtern verengende Parallele der Schienen zu blicken.
Aber dann wurde die Tür jäh aufgerissen, und der Mann mit der roten Mütze, diensteifrigen Gesichts, schrie, als ob er es in die Wartehalle eines großen Bahnhofs rufen müsse: »Personenzug nach Köln fünfundneunzig Minuten Verspätung!«
Da war mir, als sei ich für mein ganzes Leben in Gefangenschaft geraten.

Aufenthalt in X

Als ich wach wurde, erfüllte mich das Bewußtsein fast vollkommener Verlorenheit; ich schien in der Dunkelheit zu schwimmen wie in einem träge fließenden Gewässer, dessen Strömung ohne Ziel war; wie ein Leichnam, den die Welle endgültig an die unbarmherzige Oberfläche gespült hat, trudelte ich leise schwankend hin und her in dieser Finsternis, die ohne Halt war. Meine Glieder spürte ich nicht, sie waren ohne Zusammenhang mit mir, auch meine Sinne waren erloschen; es war nichts zu sehen, nichts zu hören, kein Geruch bot mir Anhalt; einzig die sanfte Berührung des Kissens an meinem Kopf gab mir Zusammenhang mit der Wirklichkeit; ich war mir nur meines Kopfes bewußt; die Gedanken waren eisklar, leise nur getrübt von jenem peinvollen Kopfschmerz, den schlechter Wein verursacht.
Nicht einmal ihren Atem hörte ich neben mir; sie schlief so leicht wie ein Kind, und doch mußte ich glauben, daß sie neben mir lag. Es wäre sinnlos gewesen, die Hände auszustrecken und nach ihrem Gesicht oder den sanften Haaren zu tasten, ich hatte keine Hände mehr; die Erinnerung war einzig eine Erinnerung der Gedanken, ein blutloses Gefüge, das keine Spur an meinem Körper hinterlassen hatte.
So war ich oft am Rande der Wirklichkeit einhergegangen mit der Sicherheit eines Trunkenen, der auf der schmalen Kante eines Abgrundes seinen Weg macht, in unerklärlichem Gleichgewicht einem Ziele zutaumelnd, dessen Schönheit auf seinem Munde zu lesen ist; Alleen war ich entlanggeschritten, die nur von spärlich grauen Lichtern erhellt waren, bleiernen Lichtern, die die Wirklichkeit nur anzudeuten schienen, um sie besser leugnen zu können; blinden Auges war ich in schwarze Straßen hineingesunken, die von Menschen wimmelten, während ich wußte, daß ich allein war, allein.

Allein mit meinem Kopf, nicht einmal mit meinem ganzen Kopf; Mund, Nase, Augen und Ohren waren tot; allein nur mit meinem Gehirn, das sich bemühte, die Erinnerung wiederherzustellen, so wie ein Kind aus scheinbar sinnlosen Stäbchen scheinbar sinnlose Gebilde errichtet.

Sie mußte neben mir liegen, obwohl ich nichts von ihr spürte.

Tags zuvor war ich dem Zuge entstiegen, der weiterfuhr den Balkan hinunter bis nach Athen, während ich an dieser kleinen Station umzusteigen und auf einen Zug zu warten hatte, der mich den Karpatenpässen näher bringen sollte. Als ich über den Bahnsteig stolperte, ungewiß des Namens der Station, wankte mir ein Betrunkener entgegen, einsam in seiner grauen Uniform unter den buntgekleideten ungarischen Zivilisten; der Kumpel stieß laute Drohungen aus, die sich mir einprägten wie Ohrfeigen, deren brennendes Mal man sein Leben lang auf der Wange trägt.

»Hurenbande«, schrie er, »Schweine, die ganze Horde, ich hab den Kram satt.« Das schrie er ganz deutlich den töricht lächelnden Ungarn entgegen, während er mit einem schweren Tornister auf den Zug losging, dem ich entstiegen war.

Schon rief ein finster bestahlhelmter Kopf aus einem Abteil: »Sie da! He! Sie da!« Der Betrunkene zog die Pistole, zielte auf den Stahlhelm, die Leute schrien, ich fiel dem Kumpel in den Arm, entzog ihm die Waffe und verbarg sie, während ich den eifrig sich Wehrenden mit einem geschickten Griff umfaßt hielt. Der Stahlhelm schrie, die Leute schrien, der Kumpel schrie, doch der Zug fuhr ab, und gegen einen fahrenden Zug ist in den meisten Fällen sogar ein Stahlhelm machtlos. Ich ließ den Kumpel los, gab ihm die Pistole zurück und drängte den Verdutzten zum Ausgang.

Das kleine Nest sah öde aus. Die Leute hatten sich schnell verzogen, der Bahnhofsvorplatz war leer, ein müder und schmutziger Beamter wies uns in eine winzige Kneipe, die

jenseits des verstaubten Platzes unter niedrigen Bäumen lag.
Wir legten unser Gepäck nieder, und ich bestellte Wein, jenen schlechten, die Ursache der Übelkeit, die mich nun nach dem Erwachen quälte. Der Kumpel saß stumm und böse da. Ich bot ihm Zigaretten an, wir rauchten, und ich betrachtete ihn: er war in der üblichen Weise dekoriert, war jung, meines Alters, das blonde Haar hing ihm lose aus der flachen, weißen Stirn in dunkle Augen hinein.
»Die Sache ist die«, sagte er plötzlich, »Kumpel, ich hab den Kram satt, verstehst du?«
Ich nickte.
»So satt, wie ich gar nicht sagen kann, verstehst du, ich geh stiften.«
Ich blickte ihn an.
»Ja«, sagte er nüchtern, »ich geh stiften, in die Pußta hinein. Ich kann mit Pferden umgehen, zur Not eine manierliche Suppe kochen, sie können mich alle am Arsch lecken. Machst du mit?«
Ich schüttelte den Kopf.
»Angst, wie? ... Nein? ... Gut, jedenfalls, ich geh stiften. Wiedersehen.«
Er stand auf, ließ sein Gepäck stehen, legte einen Schein auf den Tisch, nickte mir noch einmal zu und ging.
Ich wartete lange. Ich glaubte nicht, daß er wirklich stiftengegangen war, einfach in die Pußta hinein. Ich bewachte sein Gepäck und wartete, trank den schlechten Wein und versuchte vergebens ein Gespräch mit dem Wirt, starrte auf diesen Vorplatz, über den manchmal, in Staubwolken gehüllt, ein Gefährt mit mageren Pferden raste.
Später aß ich Beefsteak, trank immer wieder den schlechten Wein und rauchte Zigaretten dazu. Es wurde dämmerig, durch die offene Tür drang manchmal eine Staubwolke in den Raum, der Wirt gähnte oder unterhielt sich mit Ungarn, die Wein tranken.
Schnell wurde es dunkler; niemals werde ich wissen, was

ich alles dachte, während ich dort saß und wartete, Wein trank, Fleisch aß, den dicken Wirt betrachtete, auf den Vorplatz starrte und Zigaretten paffte . . .
Mein Gehirn gab das alles teilnahmslos wieder, spie es aus, während ich schwindelnd auf diesem dunklen Gewässer einherschwamm, in dieser Nacht ohne Stunde, in einem Haus, das ich nicht kannte, einer namenlosen Straße, neben einem Mädchen, dessen Gesicht ich nicht recht gesehen hatte . . .
Später war ich schnell zum Bahnhof hinübergegangen, hatte festgestellt, daß mein Zug weggefahren und der nächste erst am Morgen fällig war; ich hatte meine Zeche bezahlt, mein Gepäck neben dem des Kumpels liegenlassen und war in der Dämmerung in dieses Städtchen hineingetaumelt. Von allen Seiten strömte es grau, dunkelgrau über mich hin, und nur spärliche Lichter ließen die Gesichter der Menschen wie die Gesichter von Lebenden erscheinen.
Irgendwo trank ich besseren Wein, blickte verloren in ein ernstes Frauengesicht hinter der Theke, roch etwas wie Essig aus einer Küchentür, bezahlte und verschwand wieder in der Dämmerung.
Dieses Leben, dachte ich, ist nicht mein Leben. Ich muß dieses Leben spielen, und ich spiele es schlecht. Es war ganz dunkel geworden, und ein milder Himmel hing über der sommerlichen Stadt. Irgendwo war auch Krieg, unsichtbar, unhörbar in diesen stillen Straßen, wo die niedrigen Häuser neben niedrigen Bäumen schliefen; irgendwo in dieser vollkommenen Stille war der Krieg. Ich war ganz allein in der Stadt, diese Menschen gehörten nicht zu mir, diese Bäumchen waren aus Spielzeugschachteln ausgepackt und auf diese sanften, grauen Bürgersteige geklebt, und der Himmel schwebte über allem wie ein lautloses Luftschiff, das stürzen würde . . .
Irgendwo stand ein Gesicht unter einem Baum, schwach beleuchtet aus sich selbst. Traurige Augen unter sanften

Haaren, die hellbraun sein mußten, obwohl sie grau aussahen in dieser Nacht; eine blasse Haut mit einem runden Mund, der rot sein mußte, obwohl auch er grau aussah in dieser Nacht.

»Komm«, sagte ich zu diesem Gesicht.

Ich faßte ihren Arm, einen menschlichen Arm, unsere Handflächen krampften sich ineinander, unsere Finger fanden sich und schlossen sich zusammen, während wir in dieser unbekannten Stadt in eine unbekannte Straße gingen.

»Mach kein Licht«, sagte ich, als wir dieses Zimmer betraten, in dem ich nun zusammenhanglos in der Dunkelheit schwimmend lag.

Ich spürte im Dunkeln ein weinendes Gesicht und stürzte Abgründe hinab, Abgründe, wie man die Stufen einer Treppe hinunterrollt, einer schwindelerregenden Treppe aus Samt; ich stürzte, endlos, sich immer wieder erneuernde Abgründe hinab ...

Meine Erinnerung sagte mir, daß dies alles geschehen war und daß ich nun auf diesem Kissen liege, in diesem Zimmer, sie neben mir, ohne daß ich ihren Atem höre; sie schläft so leicht wie ein Kind. Mein Gott, war ich nur noch Gehirn?

Oft schien das finstere Gewässer stillzustehen, dann überkam mich die Hoffnung, daß ich erwachen würde, meine Beine spüren, wieder hören, riechen und nicht nur denken würde; und schon diese leise Hoffnung war viel, während sie leise wieder abflaute, denn das finstere Gewässer kreiste wieder, nahm wieder meinen hilflosen Leichnam und ließ ihn zeitlos treiben in der vollkommenen Verlorenheit.

Meine Erinnerung sagte mir auch, daß die Nacht begrenzt war. Es mußte ja wieder Tag werden. Sie sagte auch, daß ich trinken konnte, küssen und weinen, auch beten; aber man kann nicht bloß mit dem Gehirn beten. Während ich wußte, daß ich wach war, wach lag im Bett eines ungarischen Mädchens, auf ihrem sanften Kissen in einer sehr dunklen Nacht; während ich das alles wußte, mußte ich doch glauben, daß ich tot sei ...

Es war wie eine Dämmerung, die sehr leise und langsam kam, so unsagbar langsam, daß man ihr nicht folgen kann. Erst glaubt man sich zu täuschen; wenn man in einem Erdloch steht in einer dunklen Nacht, dann kann man nicht glauben, daß das wirklich der Dämmer ist, dieser ganz sanfte, helle Streifen hinter dem unsichtbaren Horizont; man glaubt sich zu täuschen, die müden Augen sind überreizt und scheinen sich aus irgendwelchen geheimen Lichtreserven etwas vorzuspiegeln. Und doch ist es wirklich der Dämmer, der nun sogar stärker wird. Es wird wirklich hell, heller, das Licht wird stärker, der graue Flecken dort hinter dem Horizont breitet sich langsam aus, und man muß es glauben, daß nun Tag wird.

Ich spürte plötzlich, daß ich fror; meine Füße waren durch die Decke gerutscht, bloß und kalt, und ich spürte die Wirklichkeit der Kühle; ich seufzte tief, fühlte den eigenen Atem, der mein Kinn berührte, beugte mich vor, tastete nach der Decke, bedeckte meine Füße. Ich hatte wieder Hände, hatte wieder Füße und spürte meinen eigenen Atem.

Dann griff ich links in den Abgrund, fischte meine Hose vom Boden auf und hörte in der Tasche das Geräusch der Streichholzschachtel.

»Mach kein Licht, bitte«, sagte jetzt ihre Stimme neben mir, und auch sie seufzte.

»Willst du rauchen?« fragte ich leise.

»Ja«, sagte sie.

Im Licht des Zündholzes war sie ganz gelb. Ein dunkelgelber Mund, runde, schwarze, ängstliche Augen, die Haut wie feiner, sanftgelber Sand und das Haar wie dunkler Honig.

Es war schwer, zu sprechen; irgendwo anzuknüpfen. Wir hörten beide, wie die Zeit jetzt verrann, ein wunderbares dunkles Rauschen, in dem die Sekunden verschwammen.

»Was denkst du?« fragte sie ganz plötzlich. Es war wie ein sanfter, sehr sicherer Schuß, der das Ziel traf, in meinem

Innern einen Damm zerbrach, und noch ehe ich Zeit fand, schnell noch einmal ihr Gesicht zu sehen im Licht der aufblakenden Glut, sprach ich schon. »Ich denke gerade, wer in siebzig Jahren in diesem Zimmer liegen wird, wer auf diesem halben Quadratmeter hier sitzen oder liegen wird und was er wissen wird, von dir und mir. Nichts«, sagte ich, »er wird eben nur wissen, daß Krieg war.«

Wir warfen beide unsere Zigarettenstummel links neben das Bett auf die Erde; sie fielen lautlos auf meine Hose, und ich mußte sie abschütteln, so daß die beiden kleinen Gluten nebeneinanderlagen.

»Und dann habe ich gedacht, wer vor siebzig Jahren hier gewesen ist, oder was. Vielleicht war hier ein Acker, Mais oder Zwiebeln sind hier gewachsen, zwei Meter unter meinem Kopf, und der Wind strich hier rüber, und jeden Morgen kam über den Horizont der Pußta diese traurige Dämmerung. Oder vielleicht hatte jemand hier schon ein Haus.«

»Ja«, sagte sie leise, »vor siebzig Jahren war hier schon ein Haus.«

Ich schwieg.

»Ja«, sagte sie, »ich glaube, vor siebzig Jahren baute mein Großvater dieses Haus. Damals müssen sie hier die Bahn gebaut haben, und er arbeitete bei der Bahn und baute von dem Geld dieses kleine Haus. Und dann zog er in den Krieg, damals, weißt du, 1914, und er fiel in Rußland. Und dann war da mein Vater, der hatte etwas Land und arbeitete auch an der Bahn; er starb in diesem Krieg.«

»Er fiel?«

»Nein, er starb. Meine Mutter war schon früher gestorben. Und jetzt wohnt mein Bruder hier mit seiner Frau und den Kindern. Und in siebzig Jahren werden die Urenkel meines Bruders hier wohnen.«

»Vielleicht«, sagte ich, »aber sie werden nichts wissen von dir und mir.«

»Nein, kein Mensch wird wissen, daß du bei mir warst.«

Ich faßte ihre kleine Hand, diese sehr sanfte Hand, und hielt sie nahe vor mein Gesicht.
Dort, wo das Fenster war, stand jetzt im Ausschnitt eine dunkelgraue Dunkelheit, heller als die Finsternis der Nacht.
Ich spürte plötzlich, daß sie sich an mir vorbeibewegte, ohne mich zu berühren, und ich hörte die leichten Tritte ihrer nackten Füße auf dem Boden; dann hörte ich, daß sie sich anzog. Ihre Bewegungen und die Geräusche waren so leicht; nur als sie nach hinten auf ihren Rücken griff, um die Knöpfe der Bluse zu schließen, hörte ich ein heftigeres Atmen.
»Jetzt mußt du dich anziehen«, sagte sie.
»Laß mich liegen«, sagte ich.
»Ich möchte kein Licht machen.«
»Mach kein Licht und laß mich liegen.«
»Du mußt doch etwas essen, ehe du gehst.«
»Ich gehe ja nicht.«
Ich spürte, daß sie innehielt im Zuziehen der Schuhe und erstaunt im Dunkeln dorthin blickte, wo ich lag.
»So«, sagte sie nur leise, und ich konnte nicht feststellen, ob sie erstaunt oder erschrocken war.
Wenn ich den Kopf zur Seite wandte, konnte ich jetzt in dieser dunkelgrauen Dämmerung ihre Umrisse sehen. Sie bewegte sich sehr sanft im Raum, suchte Holz und Papier zusammen und nahm die Streichholzschachtel aus meiner Hosentasche.
Diese Geräusche erreichten mich fast wie leise, ängstliche Rufe von jemand, der am Ufer steht und einem anderen nachruft, der von der Strömung in ein großes Gewässer hineingetrieben wird; und ich wußte jetzt, wenn ich nicht aufstand, nicht in den folgenden Minuten mich entschloß, dieses leise schwankende Schiff der Verlorenheit zu verlassen, würde ich in diesem Bett sterben wie ein Gelähmter oder über diesem Kissen erschossen werden von den unermüdlichen Schergen, denen nichts verborgen blieb.

Während ich ihr kleines Summen vernahm, wie sie dort am Herd stand und dem Feuer zublickte, dessen warmer Schein mit stillem Flügelschlag wuchs, schien ich durch mehr als eine Welt von ihr getrennt. Sie stand da irgendwo am Rande meines Lebens, summte leise und freute sich des wachsenden Feuers; ich verstand das alles, sah es, roch den brandigen Qualm versengten Papiers, und doch hätte sie nirgendwo ferner stehen können von mir.

»Steh doch auf jetzt«, sagte das Mädchen vom Ofen her, »du mußt ja gehen.« Ich hörte, daß sie eine Kasserolle aufs Feuer setzte und zu rühren begann, es war ein sehr schönes und stilles Geräusch, dieses sanfte Kratzen des hölzernen Löffels, und der Geruch von geröstetem Mehl erfüllte die Stube.

Ich sah jetzt alles. Die Stube war sehr klein. Ich lag in einem flachen Holzbett, daneben stand ein Schrank, der den Raum bis zur Tür ausfüllte, ein brauner Schrank ohne jede Verzierung. Hinter mir mußte irgendwo ein Tisch sein, Stühle und das Öfchen am Fenster. Es war sehr still, und der Dämmer noch so dicht, daß er wie Schatten in der Stube lag.

»Ich bitte dich«, sagte sie leise, »ich muß ja gehen.«

»Du mußt gehen?«

»Ja, ich muß zur Arbeit, und vorher mußt du weg, mit mir.«

»Arbeiten«, fragte ich, »warum?«

»Oh, was du fragst!«

»Wo denn?«

»An der Bahn.«

»An der Bahn?« fragte ich. »Was macht ihr denn da?«

»Steine aufschütten, Schotter, damit nichts passiert.«

»Es wird nichts passieren«, sagte ich, »wo bist du denn? Nach Großwardein zu?«

»Nein, nach Szegedin zu.«

»Das ist gut.«

»Warum?«

»Weil ich dann nicht an dir vorbeifahren werde.«
Sie lachte leise. »Du willst also doch aufstehen.«
»Ja«, sagte ich. Ich schloß noch einmal die Augen und ließ mich zurückfallen in dieses schaukelnde Nichts, dessen Atem ohne Geruch war und ohne Spur, dessen Plätschern mich nur wie ein leises, kaum spürbares Wehen berührte; dann öffnete ich seufzend die Augen und griff nach meiner Hose, die nun säuberlich neben dem Bett auf einem Stuhl lag.
»Ja«, sagte ich noch einmal und stand auf.
Sie stand mit dem Rücken zu mir, während ich schnell die gewohnten Griffe tat, die Hose hochzog, Schuhe zuband und die graue Jacke überstreifte.
Eine Zeitlang stand ich noch still, die Zigarette kalt im Mund, und blickte auf ihre Gestalt, die klein und schmal nun deutlich sichtbar dort am Fensterausschnitt stand. Ihr Haar war schön und sanft wie eine ruhige Flamme.
Sie wandte sich um und lächelte. »Was denkst du wieder?« fragte sie.
Ich blickte ihr zum ersten Male ins Gesicht: es war so einfach, daß ich es nicht begreifen konnte: runde Augen, in denen Angst Angst und Freude Freude war.
»Was denkst du wieder?« fragte sie nochmals, und sie lächelte nicht mehr.
»Nichts«, sagte ich, »ich kann nichts denken. Ich muß weg. Es gibt kein Entrinnen.«
»Ja«, sagte sie und nickte. »Du mußt weg. Es gibt kein Entrinnen.«
»Und du mußt hierbleiben.«
»Ich muß hierbleiben«, sagte sie.
»Du mußt Steine aufschütten, Schotter, damit nichts passiert und die Züge ruhig dorthin fahren können, wo etwas passiert.«
»Ja«, sagte sie, »das muß ich.«
Wir sind eine sehr stille Straße hinuntergegangen, die zum Bahnhof führte. Alle Straßen führen zu Bahnhöfen, von

denen aus es in den Krieg geht. Wir sind in eine Haustür getreten und haben uns geküßt, und ich habe gespürt, während meine Hände auf ihren Schultern lagen, dort habe ich gespürt, daß sie mein ist. Und sie ist weggegangen mit hängenden Schultern, ohne mich noch einmal anzusehen.
Sie ist ganz allein in dieser Stadt, und obwohl ich den gleichen Weg habe, zum Bahnhof, ich kann nicht mit ihr gehen. Ich muß warten, bis sie um jene Ecke verschwunden ist, hinter dem letzten Baum dieser kleinen Allee, die nun unerbittlich im Hellen liegt. Ich muß warten und kann ihr nur folgen in einem Abstand, und niemals werde ich sie wiedersehen. Ich muß in diesen Zug, in diesen Krieg . . .
Mein einziges Gepäck, nun, da ich zum Bahnhof gehe, sind die Hände in meinen Taschen und die letzte Zigarette zwischen meinen Lippen, die ich bald ausspucken werde; aber es ist leichter, ohne Gepäck zu sein, wenn man langsam und doch schwankend wieder an den Abgrund tritt, von dessen Rand man in einer bestimmten Sekunde stürzen wird, dorthin, wo wir uns wiedersehen . . .
Und es war tröstlich, daß der Zug pünktlich kam, fröhlich dampfend zwischen Maisstauden und scharf riechenden Tomatenpflanzen.

Wiedersehen mit Drüng

Der brennende Schmerz an meinem Kopf ließ mich übergangslos in die Wirklichkeit der Zeit und des Ortes treten, aus einem Traum, wo dunkle Gestalten in erdgrünen Mänteln meinen Schädel mit harten Fäusten geschlagen hatten: ich lag in einer niedrigen Bauernstube, deren Decke wie der Deckel eines Grabes aus grünem Dämmer sich auf mich herabzusenken schien; grün waren die wenigen Lichter, die den Raum als solchen überhaupt erkennen ließen; ein sanftes, gelbüberglitzertes Grün dort, wo ein schwarzer Türrahmen von einem hellen Lichtstreifen scharf umzeichnet war, und dieses Grün verdunkelte sich bis zur Farbe alten Mooses in jenen Schatten über meinem Gesicht.

Ich erwachte völlig, als eine plötzliche, würgende Übelkeit mich hochriß, ich mich aufbäumte und auf den unsichtbaren Boden erbrach. Der Inhalt meines Magens schien unendlich tief zu fallen, wie in einen bodenlosen Brunnen, ehe es endlich wie das Aufschlagen einer Flüssigkeit auf Holz zu mir drang; ich erbrach noch einmal, schmerzvoll über den Rand der Bahre gebeugt, und als ich mich erleichtert zurücklehnte, war der Zusammenhang mit dem Vergangenen so klar, daß mir sofort eine Rolle Drops einfiel, die in einer meiner Taschen von der abendlichen Verpflegung noch stecken mußte. Ich tastete mit meinen schmutzigen Fingern meine Manteltaschen ab, ließ klirrend ein paar lose Patronen in den grünen Abgrund fallen, alles durch meine Hände gleiten: Zigarettenschachtel, Pfeife, Zündhölzer, Taschentuch, einen zusammengeknüllten Brief, und als ich in den Manteltaschen das Gesuchte nicht fand, drückte ich das Koppel auf, blechern knallte das Schloß gegen das eiserne Gestänge der Bahre. Endlich fand ich die Rolle in einer Hosentasche, riß das Papier ab und stecke eins der säuerlichen Bonbons in den Mund.

Augenblicksweise, wenn der Schmerz mich bis in die letzte Phase meines Empfindens erfüllte, wurden mir die

Zusammenhänge von Zeit, Ort und Geschehen wieder verwirrt, dann schien auch der Abgrund links und rechts von mir sich zu vertiefen, und ich fühlte mich schwebend auf der Bahre wie auf einem unendlich hohen Postament, das sich immer mehr der grünen Decke entgegenhob. In diesen Augenblicken auch glaubte ich manchmal, tot zu sein, hingestellt in eine schmerzvolle Vorhölle der Ungewißheit, und die Tür – eingerahmt von ihrem Lichtstreifen – erschien mir wie eine Pforte zu Licht und Erkenntnis, die eine gütige Hand würde öffnen müssen; denn ich selbst war in diesen Augenblicken unbeweglich wie ein Denkmal, tot, und lebendig war nur der brennende Schmerz, der von meiner Kopfwunde ausstrahlte und mit einer scheußlichen, allgemeinen Übelkeit verbunden war.

Dann wieder ebbte der Schmerz ab, wie wenn jemand eine Zange locker läßt, und ich empfand die Wirklichkeit als weniger grausam: dieses sich abstufende Grün war milde den gequälten Augen, die vollkommene Stille wohltuend den gemarterten Ohren, und die Erinnerung lief in mir ab wie ein Bildstreifen, an dem ich keinen Teil hatte. Alles schien unendlich weit zurückzuliegen, während es erst eine Stunde vergangen sein konnte.

Ich versuchte, Erinnerungen aus meiner Kindheit wach werden zu lassen, schulgeschwänzte Tage in verlassenen Parks, und diese Erlebnisse schienen näher, mich betreffender als jenes Geschehnis vor einer Stunde, obwohl der Schmerz in meinem Kopf davon herrührte und mich anders hätte empfinden lassen müssen.

Was vor einer Stunde geschehen war, sah ich jetzt sehr deutlich, aber fern, als blickte ich vom Rande unseres Erdballs in eine andere Welt, die durch einen himmelweiten glasigklaren Abgrund von der unseren geschieden war. Dort sah ich jemand, der ich selbst sein mußte, in nächtlicher Finsternis über zerwühlte Erde schleichen, manchmal wild angeleuchtet diese trostlose Silhouette durch eine fern abgeschossene Leuchtrakete; ich sah diesen Fremden, der ich selbst sein mußte, sich qualvoll mit offenbar schmerzenden Füßen über die Unebenheiten des Bodens bewegen, oft kriechen, aufstehen, wieder kriechen, wieder aufstehen; endlich einem dunklen Tale zustreben, wo mehrere dieser dunklen Gestalten sich um ein Gefährt versammelten. In diesem gespenstischen Erdteil, der nur Qual und Finsternis enthielt, reihte der Fremde sich stumm einer Schlange ein, die aus blechernen Kanistern Kaffee und Suppe in ihre Töpfe füllen ließ, von irgend jemand, den sie nicht kannten, nie gesehen hatten, einem, der von dichten Schatten verborgen war und stumm löffelte; eine ängstliche Stimme, deren Besitzer auch verborgen blieb, zählte Brot, Zigaretten, Wurststücke und Süßigkeiten in die Hände der Wartenden. Und plötzlich wurde dieses stumme und düstere Spiel im Talgrund jäh erhellt durch eine rötliche Flamme, deren Gefolge Geschrei war, Wimmern und das erschreckte Wiehern eines verwundeten Pferdes; und neue düsterrote Flammen schlugen immer wieder aus der Erde, Gestank und Krach stiegen auf, dann schrie das Pferd, ich hörte, wie es anzog und mit klapperndem Geschirr davonraste; und ein neues, kurzes, wildes Feuer deckte jenen zu, der ich selbst sein mußte.

Und nun lag ich hier auf meiner Bahre, sah diesen grünen, sich stetig stufenden Dämmer in der russischen Bauernstube, in der nur das helle Viereck des beleuchteten Türrandes stand.

Inzwischen war die Übelkeit geringer geworden, wohltuend hatte sich das säuerliche Bonbon in dem widerlichen Schleim, der meine Mundhöhle füllte, ausgebreitet; die Zange des Schmerzes griff nun seltener zu, und ich packte in meine Manteltasche, zog Zigaretten und Zündhölzer heraus und zündete an. Das aufflammende Licht ließ dunkle, feuchte Wände erkennen, giftiggelb beflackert, und als ich das verlöschende Holz beiseite warf, sah ich zum ersten Male, daß ich nicht allein war.

Ich sah neben mir die grauen, grünverschmierten Wülste

einer schlampig übergeworfenen Decke, sah den Schirm einer Mütze wie einen sehr harten Schatten über einem blassen Gesicht, und das Hölzchen erlosch.

Jetzt auch fiel mir ein, daß ich weder an Händen noch Füßen behindert war, ich trat meine Decke beiseite, setzte mich hoch und war nun erschrocken, wie nahe ich dem Erdboden stand; kaum kniehoch war dieser unendlich scheinende Abgrund. Ich zündete ein neues Hölzchen an: mein Nachbar lag unbewegt, sein Gesicht hatte die Farbe sehr zarten Dämmers, der durch dünnes, grünes Glas fällt, doch ehe ich hatte näher treten können, um wirklich unter dem Schatten des Mützenschirms sein Gesicht zu erkennen, war das Zündholz wieder erloschen, und ich entsann mich, daß in einer meiner Taschen auch ein Kerzenrest verborgen sein mußte.

Wieder griff die Zange des Schmerzes fester zu, ich konnte mich noch eben taumelnd im Dunkeln auf den Rand meiner Bahre setzen, die Zigarette zu Boden fallen lassen, und da ich nun der Tür den Rücken zuwandte, sah ich nichts als Finsternis, grüne, dicke Finsternis, die eben Schatten genug erhielt, daß sie mir sich drehend erscheinen konnte, während der Schmerz in meinem Kopf der Motor zu sein schien, der die Drehung verursachte; je mehr der Schmerz in meinem Kopf anschwoll, um so heftiger drehten sich auch diese Finsternisse wie verschiedene Scheiben, deren Drehung sich überschnitt, bis alles wieder stillstand.

Sobald der Anfall vorüber war, tastete ich nach meinem Verband: mein Kopf kam mir sehr dick, sehr geschwollen vor in meinen Händen; ich spürte die harte, fast beulenartige Kruste geronnenen Blutes, fühlte auch die peinlich empfindliche Stelle, an der der Splitter sitzen mußte. Ich wußte jetzt, daß dieser Fremde dort tot war. Es gibt eine Art von Schweigen und Stummheit, die nichts mehr mit Schlaf, nichts mit Ohnmacht mehr zu tun hat, etwas unendlich Eisiges, Feindliches, Verächtliches, das mir im Dunkeln doppelt feindselig erschien.

Ich fand nun endlich den Kerzenrest und zündete ihn an. Das Licht war gelb und milde, es schien sich mit einer Art Bescheidenheit langsam auszubreiten und zur größten Möglichkeit seiner Flamme zu entwickeln, und als die Kerze ihren Radius vollendet hatte, sah ich den festgestampften Lehmboden, die bläulich gekalkten Wände, eine Bank, den erloschenen Ofen, vor dessen ausgeleierter Tür ein Haufen Asche lag.

Dann erst klebte ich die Kerze auf den Rand meiner Bahre fest, so daß das Zentrum ihres Scheins auf des Toten Gesicht fiel. Ich war nicht erstaunt, Drüng zu sehen. Eher war ich erstaunt über mein eigenes Nichterstaunen, denn ich hätte tief erschrocken sein müssen: fünf Jahre hatte ich Drüng nicht mehr gesehen, und auch damals nur flüchtig, kaum daß wir die notwendigsten Höflichkeiten miteinander getauscht hatten. Wir waren Schulkameraden gewesen, neun Jahre lang, aber zwischen uns hatte eine so tiefe, nicht feindselige, sondern gleichgültige Abneigung bestanden, daß wir in diesen neun Jahren insgesamt kaum eine Stunde miteinander gesprochen hatten.

Es war so unverkennbar Drüngs schmales Gesicht, seine spitze Nase, die nun steif und grünlich aus der knappen Ebene seines Gesichtes hervorstieß, seine geschlitzten, stets etwas gequollenen Augen, die nun eine fremde Hand schon geschlossen hatte; so eindeutig war es Drüngs Gesicht, daß es der Bestätigung nicht bedurft hätte, zu der ich nun mich über ihn beugte und zwischen dem Wulst der Decke den Zettel hervorsuchte, der mit einer weißlichen Schnur an einem Knopf seines Mantels befestigt war. Dort las ich im Kerzenschein: Drüng, Hubert, Obergefreiter, die Nummer eines Regiments und in der Rubrik »Art der Verletzung«: mehrere Granatsplitter, Bauch. Unter diese Notiz hatte eine flinke akademische Hand Exitus geschrieben.

Drüng war also wirklich tot, oder hätte ich jemals an dem gezweifelt, was eine flinke, akademische Hand irgendwohin schrieb? Ich las noch einmal die Nummer des Regiments, die mir völlig ungeläufig war; dann nahm ich Drüng die Mütze ab, die seinem Gesicht mit ihrem schwarzen, höhnischen Schatten etwas Grausames gab, und ich erkannte nun sein dunkelblondes, stumpfes Haar, das manchmal im Wechsel der neun Jahre nahe vor meinen Augen gewesen war.

Ich saß ganz nahe neben der Kerze, die flackernd ihren Schein rundschaukeln ließ, während der stärkste Kern ihres gelben Lichtes immer Drüngs Gesicht hielt und die matteren Ausläufer Decke, Wand und Boden streiften. Ich saß Drüng so nahe, daß mein Atem seine fahle Haut streifte, auf der die Bartstoppeln häßlich und rötlich wucherten, und plötzlich sah ich zum ersten Male Drüngs Mund. Während mir seine übrige Erscheinung in der täglichen Begegnung vieler Jahre so bekannt geworden war, daß ich ihn – wohl ohne es zu wissen – auch unter vielen erkannt hätte, sah ich jetzt, daß ich seinen Mund nie betrachtet hatte; er war mir vollkommen fremd: fein und schmal, und in seinen festverkniffenen Winkeln saß noch immer der Schmerz, so lebendig, daß ich glaubte, mich getäuscht zu haben. Dieser Mund schien die mühsam verhaltenen Schreie des Schmerzes auch jetzt noch gewaltsam zurückzuhalten, um sie nicht aufquellen zu lassen wie einen roten Sprudel, der die Welt ersäufen würde.

Neben mir flackerte warm der Atem der Kerze, die immer wieder hochzuckte, immer wieder zurückgeschlagen zu werden schien, sich immer wieder langsam ausbreitete. Ich betrachtete Drüngs Gesicht jetzt, ohne ihn zu sehen. Ich sah ihn lebend, als mickrigen, schüchternen Sextaner, den schweren Ranzen auf den mageren Schultern, wie er frierend darauf wartete, daß die Schultore sich öffneten. Dann stürzte er an dem büffeligen Hausmeister vorbei, postierte sich, ohne den Mantel auszuziehen, an den Ofen, den er mit defensiven Augen bewachte. Drüng hatte immer gefroren, denn er war blutarm, arm überhaupt, Sohn einer

Witwe, deren Mann im Krieg gefallen war. Damals war er zehn Jahre alt, und er war immer so geblieben, neun Jahre lang, frierend, blutarm, arm überhaupt, Sohn einer Witwe, deren Mann gefallen war. Niemals hatte er Zeit gehabt zu jenen Torheiten, die die Erinnerung erst erinnernswert machen, während der tierische Ernst der Pflicht uns später oft als Torheit erscheint; niemals war er frech geworden, neun Jahre lang brav, fleißig, immer »in der Mitte mit seinen Leistungen«. Mit vierzehn war er pickelig geworden, mit sechzehn wieder glatt und mit achtzehn wieder pickelig, und er hatte immer gefroren, auch im Sommer, denn er war blutarm, arm überhaupt, Sohn einer Witwe, deren Mann im Weltkrieg gefallen war. Ein paar Freunde hatte er gehabt, mit denen zusammen er fleißig gewesen war, brav und in der Mitte; ich hatte kaum mit ihm gesprochen, er wenig mit mir, und nur manchmal, wie es im Laufe von neun Jahren wahrscheinlich ist, hatte er vor mir gesessen, und sein stumpfes, dunkelblondes Haar war vor mir gewesen, ganz nah, und er hatte immer vorgesagt – jetzt erst fiel mir ein, daß er immer vorgesagt hatte, treu und zuverlässig, und wenn er etwas nicht gewußt hatte, hatte er auf eine ganz bestimmte, bockige Art mit den Schultern gezuckt.

Ich hatte längst angefangen zu weinen, während die Kerze nun ihr erbreitertes Licht wild und mit leisem Stöhnen umherwarf, so daß die kümmerliche Bude zu wackeln schien wie die Kajüte eines Schiffs auf hoher See. Längst spürte ich – ohne daß ich mir dessen bewußt geworden war –, daß die Tränen über mein Gesicht liefen, oben warm und wohltuend, und unten am Kinn kalte Tropfen, die ich automatisch mit der Hand wegwischte wie ein heulendes Kind. Aber nun, als mir einfiel, daß er mir stets treu vorgesagt hatte, völlig unbedankt, pünktlich und zuverlässig, ohne die falsche Tücke von anderen, denen ihr Wissen zu wertvoll schien, es zu verschenken – nun schluchzte ich laut, und die Tränen tropften durch meinen verfilzten Bart in die lehmverschmierten Finger.

Nun auch fiel mir Drüngs Vater ein. Immer, wenn wir Geschichte hatten und die Lehrer mit erhobener Stimme vom Weltkrieg erzählten, falls das Thema auf dem Lehrplan stand und innerhalb dieses Themas wieder Verdun – dann hatten sich alle Blicke Drüng zugewandt, und Drüng erhielt in diesen Stunden einen besonderen, kurz anhaltenden Glanz, denn wir hatten nicht oft Geschichte, nicht so oft stand der Weltkrieg auf dem Lehrplan, und noch weniger war es erlaubt oder angebracht, von Verdun zu erzählen ...

Die Kerze zischte jetzt, und es brodelte von heißem Wachs in dem Papptöpfchen, das nach dem großen Heerführer Hindenburg benannt war, dann kippte der haltlos gewordene Docht in den flüssigen Rest der Brühe – doch das Zimmer wurde jetzt strahlend hell, und ich schämte mich meiner Tränen, dieses Licht war kalt und nackt und gab der düsteren Bude eine falsche Helligkeit und Sauberkeit ...

Erst als sie mich bei den Schultern packten, merkte ich, daß die Tür geöffnet und zwei geschickt worden waren, mich ins Operationszimmer zu tragen. Ich warf noch einen Blick auf Drüng, der mit zusammengekniffenen Lippen liegenblieb; dann hatten sie mich auf die Bahre zurückgelegt und trugen mich hinaus.

Der Arzt sah müde und ärgerlich aus. Er sah gelangweilt zu, während mich die Träger unter eine grelle Lampe auf einen Tisch legten, der übrige Raum war in rötliches Dunkel gehüllt. Dann trat der Arzt auf mich zu, und ich sah ihn deutlicher: seine dicke Haut war gelblichblaß mit violetten Schatten, und das dichte schwarze Haar lag wie eine Kappe auf dem Kopf. Er las den Zettel, der vorne an meine Brust geheftet war, und ich roch deutlich seinen Zigarettenatem, sah die blassen Wülste seines dicken Halses und die Maske einer müden Verzweiflung über seinem Gesicht.

»Dina«, rief er leise, »abmachen.«

Er trat zurück, und aus dem rötlichen Hintergrund kam eine Frauengestalt in weißem Kittel; ihr Haar war ganz mit einem blaßgrünen Tuch umwickelt, und als sie nun näher gekommen war, sich über mich beugte und den Verband über der Stirn vorsichtig entzweischnitt, sah ich an dem ruhigen und hellen Oval ihres freundlichen Gesichts, daß sie blond sein mußte. Ich weinte immer noch, und durch die Tränen hindurch erschien mir ihr Gesicht schmelzend und schwimmend, und auch ihre großen, sanften hellbraunen Augen schienen zu weinen, während der Arzt mir hart und trocken erschienen war trotz meiner Tränen.

Sie riß mit einem Ruck die harten blutigen Lappen von meiner Wunde, ich schrie auf und ließ die Tränen weiterlaufen. Der Arzt stand mit bösem Gesicht nun am Rande des Lichtkreises, und der Rauch seiner Zigarette kam in scharfen blauen Stößen bis in unsere Nähe. Still war Dinas Gesicht, die sich nun öfter vorbeugte und mit ihren Fingern meinen Kopf berührte, da sie begonnen hatte, meine verklebten Haare aufzuweichen.

»Rasieren!« sagte der Arzt kurz und warf den Stummel wütend auf die Erde.

Nun griff die Zange des Schmerzes wieder öfter zu, als die Russin rings um die klaffende Wunde das schmutzige, verfilzte Haar zu rasieren anfing. Wieder drehten sich verschiedene Scheiben mit seltsamen Überschneidungen, für Augenblicke war ich ohne Besinnung, wachte wieder auf, und ich spürte in den wachen Sekunden, wie die Tränen immer reichlicher flossen, an meinen Wangen herunterliefen und sich zwischen Hemd und Kragenbinde sammelten, unaufhaltsam, als sei eine Quelle angebohrt.

»Weinen Sie nicht, verflucht!« schrie der Arzt ein paarmal, und da ich nicht mehr aufhören konnte, auch nicht wollte, schrie er: »Schämen Sie sich.« Aber ich schämte mich nicht, ich spürte nur, wie Dina manchmal ihre Hände liebkosend auf meinem Hals ruhen ließ, und ich wußte, daß es sinnlos gewesen wäre, dem Arzt zu erklären, warum ich weinen mußte. Was wußte ich von ihm und er von mir, von Dreck und Läusen, Drüngs Gesicht und neun Schuljahren, die

pünktlich zu Ende gewesen waren, als der Krieg ausbrach.
»Verflucht«, schrie er, »seien Sie endlich still!«
Dann kam er plötzlich auf mich zu, sein Gesicht wurde unheimlich groß, zornig hart im Näherkommen, und ich spürte noch das erste Bohren des Messers, sah nichts mehr und schrie nur sehr laut.
Sie hatten hinter mir die Tür geschlossen, den Schlüssel herumgedreht, und ich sah jetzt, daß ich wieder in diesem Warteraum war. Immer noch flackerte meine Kerze, ließ ihr Licht flüchtend über alle Dinge gleiten. Ich ging sehr langsam, ich fürchtete mich, es war alles so still, und ich spürte keine Schmerzen mehr. Niemals war ich so ohne Schmerz gewesen, so leer. Ich erkannte meine Bahre an den zerwühlten Decken, blickte die Kerze an, die immer noch so brannte, wie ich sie verlassen hatte. Der Docht schwamm jetzt in dem flüssigen Wachs, nur noch eine winzige Spitze ragte senkrecht genug heraus, um zu brennen, und jeden Augenblick mußte sie versinken. Ich tastete ängstlich meine Taschen ab, aber meine Taschen waren leer, ich lief zur Tür, rappelte, schrie, rappelte, schrie. Sie konnten uns doch nicht im Dunkeln lassen! Aber draußen schien niemand zu hören; und als ich zurückging, brannte die Kerze immer noch, immer noch schwamm der Docht, immer noch ragte ein kleines Stück steil genug heraus, um zu brennen und ein unregelmäßiges, flackerndes Licht zu erzeugen; mir schien, als sei dieses Stück kleiner geworden; es konnte nur noch eine Sekunde dauern, und wir waren im Dunkeln.
»Drüng«, rief ich ängstlich, »Drüng!«
»Ja«, sagte seine Stimme, »was ist denn?«
Ich spürte, daß mein Herz stillstand, und es war kein anderes Geräusch mehr ringsum als das fürchterlich stille Fressen dieses Kerzenrestes, der kurz vor dem Verlöschen stand.
»Ja?« fragte er wieder, »was ist denn?«
Ich machte einen Schritt nach links, beugte mich über ihn und blickte ihn an: er lag da und lachte. Er lachte sehr leise

und schmerzlich, auch Güte war in seinem Lächeln. Er hatte die Decken abgeworfen, und ich sah durch ein großes Loch in seinem Bauch das grünliche Zelttuch der Bahre. Er lag da ganz ruhig und schien zu warten. Ich blickte ihn lange an, den lachenden Mund, das Loch in seinem Bauch, die Haare: es war Drüng.

»Na, was ist?« fragte er noch einmal.

»Die Kerze«, sagte ich leise und blickte wieder ins Licht; es brannte immer noch, ich sah den Schein, der gelb und hastig, ewig verzuckend und immer wieder brennend, das ganze Zimmer erleuchtete. Ich hörte, wie Drüng sich aufrichtete, die Bahre knirschte leise, der Rest einer Decke wurde abgestreift, und nun sah ich ihn wieder an.

»Du brauchst keine Angst zu haben«, er schüttelte den Kopf, »das Licht geht nicht aus, es brennt immer und immer, ich weiß es.«

Aber im nächsten Augenblick verfiel sein blasses Gesicht noch mehr, er packte mich zitternd am Arm; ich fühlte seine schmalen, harten Finger. »Sieh an«, flüsterte er angstvoll, »jetzt geht sie aus.«

In dem Papptöpfchen schwamm immer noch der ankerlose Docht, und immer noch nicht war er ganz versunken.

»Nein«, sagte ich, »sie müßte längst aus sein, sie konnte keine zwei Minuten mehr brennen.«

»O verflucht!« schrie er, sein Gesicht verzerrte sich, und er schlug mit der flachen Hand auf das Licht, heftig, die Bahre krachte, und für einen Augenblick fiel das grünliche Dunkel über uns, aber als er die zuckende Hand hochnahm, schwamm immer noch der Docht, war immer noch Licht da, und ich blickte durch das Loch in Drüngs Bauch auf einen hellen gelben Flecken an der Wand hinter ihm.

»Nichts zu machen«, sagte er und legte sich zurück, »leg dich auch, wir müssen warten.«

Ich rückte meine Bahre ganz nahe neben seine, die eisernen Stangen berührten sich, und als ich mich hinlegte, war das Licht genau zwischen uns, flackernd und schaukelnd, stets gewiß und stets ungewiß, denn es hätte längst verlöscht sein müssen, ging aber nie aus; und manchmal hoben wir gleichzeitig unsere Köpfe und blickten uns ängstlich an, wenn die zuckende Flamme kürzer zu werden schien; und vor unseren armen Augen war das schwarze Türblatt, von einem hellen Viereck sehr gelben Lichtes umzogen . . .

. . . und so lagen wir dort und warteten, erfüllt von Angst und Hoffnung, frierend und doch warm von dem Schrekken, der uns in die Glieder fuhr, wenn die Flamme zu erlöschen drohte und sich unsere grünen Gesichter oben über dem Papptöpfchen trafen, hingestellt mitten hinein in diese wimmelnden Lichter, die uns umflossen wie lautlose Nebelwesen, und plötzlich sahen wir, daß das Licht verlöscht sein mußte, der Docht war versunken, kein Zipfelchen ragte mehr über die wächserne Oberfläche hinaus, und doch blieb es hell – bis unsere erstaunten Augen Dinas Gestalt sahen, die durch die verschlossene Tür zu uns getreten war, und wir wußten, daß wir nun lächeln durften, und nahmen ihre ausgestreckten Hände und folgten ihr . . .

Die Essenholer

Am finsteren Gewölbe des Himmels standen die Sterne wie dumpfe Punkte aus bleiernem Silber. Plötzlich geriet Bewegung in die scheinbare Unordnung; die sanft glänzenden Punkte wanderten aufeinander zu und ordneten sich zu einem spitzbogenartigen Gebilde, dessen beiderseitige, sich oben straffende Spannung durch einen glänzenden Stern gehalten wurde. Kaum war ich mir dieses milden Wunders bewußt geworden, als sich unten an jedem Ende des Bogens ein Stern löste und die beiden Punkte langsam nach unten glitten, wo sie in der unendlichen Schwärze versanken. Angst wurde in mir wach und breitete sich immer mehr aus, denn nun folgten immer zwei, je einer von links und rechts, und sanken nach unten, und manchmal glaubte ich, sie zischend verlöschen zu hören. So fielen sie alle herunter, Stern um Stern, je zwei ein gemeinsam sinkendes, matt glänzendes Paar, bis jener eine größere allein noch oben stand, der die spitzbogenartige Spannung gehalten hatte. Mir schien, als schwanke, zittere und zögere er ... dann sank auch er, langsam und feierlich, mit einer niederdrückenden Feierlichkeit; und je mehr er sich dem schwarzen Untergrund näherte, um so mehr auch blähte sich in mir die Angst wie eine scheußliche Wehe, und im gleichen Augenblick, wo der große Stern unten angekommen war und ich trotz aller Angst mit Neugierde darauf wartete, nun das vollendete Dunkel des Gewölbes zu sehen, in diesem Augenblick barst die Finsternis mit einem gräßlichen Knall ...

... Ich erwachte und spürte noch einen Hauch jener wirklichen Detonation, die mich geweckt hatte. Ein Teil der Böschung lag mir auf Kopf und Schultern, und der Atem der Granate schwelte noch in der schwarzen und stillen Luft. Ich streifte den Dreck von mir, beugte mich vor, um die Zeltbahn über den Kopf zu ziehen und eine Zigarette anzuzünden, da hörte ich an Hansens Gähnen, daß auch er geschlafen hatte und nun erwacht war; er hielt mir seinen Unterarm mit dem Leuchtzifferblatt der Uhr entgegen und sagte leise: »Pünktlich wie Satan selbst, auf die Sekunde zwei Uhr, du mußt gehen.« Unsere Köpfe trafen sich vorne unter der Zeltbahn. Während ich das Zündholz über Hansens Pfeife hielt, warf ich einen kurzen Blick in sein schmales und unsagbar gleichgültiges Gesicht.

Wir rauchten schweigend. Im Dunkeln war nichts zu hören als das harmlose Brummen irgendwelcher Zugmaschinen, die Munition anschleppten. Stille und Dunkelheit schienen verschmolzen und lagen wie ein ungeheures Gewicht auf unseren Nacken ...

Als meine Zigarette zu Ende war, sagte Hans wieder leise: »Du mußt jetzt gehen, und denk dran, daß ihr ihn mitnehmt, er liegt vorne an der alten Flakstellung.« Und als ich mühsam aus meinem Loch herausgeklettert war, fügte er hinzu: »Weißt du, es ist ein halber, in einer Zeltbahn.«

Ich tastete mich mit Händen und Füßen über die zerwühlte Erde, bis ich jenen Pfad erreichte, den die Melder und Essenholer im Laufe von Monaten getreten hatten. Ich hatte das Gewehr umgehängt und den alten Tuchbeutel mit der Hand in die Tasche festgeklemmt. Als ich einige hundert Schritte gegangen war, unterschied ich in der Dunkelheit schon dunklere Flecke; Bäume und Reste von Häusern und endlich die halbzerschossene Baracke der alten Flakstellung. Angstvoll lauschte ich, ob die Stimmen der anderen nicht zu hören wären, aber auch als ich näher gekommen war und deutlich das dunkle, viereckige Erdloch sah, in dem das Geschütz gestanden hatte, hörte ich noch nichts, doch ich sah sie, die anderen, auf den alten Munitionskisten hockend wie große, stumme Vögel in der Nacht, und ich empfand es als unsagbar bedrückend, daß sie kein Wort miteinander sprachen. In ihrer Mitte lag ein Bündel in einer Zeltbahn, so wie jene Bündel, die wir mitsamt unserer Ausrüstung von den Bekleidungskammern abzuschleppen pflegten, um das nach Mottenpulver stinkende, häßliche Zeug auf unseren Buden zu sortieren und anzupassen. Es war seltsam, daß mir in dieser Nacht, mitten in der Wirklichkeit des Krieges, die Erinnerung an die Gewohnheiten der Kaserne so greifbar und deutlich wie nie, und ich dachte mit Schaudern daran, daß der, der nun als formlose Masse in der Zeltbahn lag, einmal angeschnauzt worden war wie wir alle, als er ein solches Bündel von der Bekleidungskammer empfangen hatte. »'n Abend«, sagte ich leise, und ein undeutliches Murmeln antwortete mir.

Ich hockte mich auch nieder, irgendwo auf einen Stapel Papphülsen von Zweizentimetermunition, die schon seit Monaten hier herumlagen, teilweise noch mit dem Inhalt, so wie die Flak in wirrer und ängstlicher Flucht sie hatte liegenlassen müssen.

Niemand rührte sich. Wir saßen alle dort, die Hände in den Taschen, und warteten und brüteten, und wohl jeder von uns warf manchmal einen Blick auf das stumme und dunkle Bündel in unserer Mitte. Endlich sagte der Zugmelder, indem er aufstand:

»Sollen wir gehen?«

Statt einer Antwort erhoben wir uns alle, es war so sinnlos, dort zu hocken, wir gewannen nichts dabei; es war ja im Grunde so gleichgültig, ob wir hier hockten oder vorne in unseren Löchern, und außerdem sollte es heute Schokolade geben, vielleicht gar Schnaps, Grund genug, möglichst schnell zum Essenempfang zu gehen.

»Erste Gruppe wieviel?«

»Fünf«, antwortete eine matte Stimme.

»Zweite?«

»Sechs.«

»Und drei?«

»Vier«, antwortete ich.

»Wir sind zwei«, rechnete der Zugmelder leise, »na, sagen wir einundzwanzig, was? Es soll nämlich Schabau geben.«

»Gut.«

Der Zugmelder trat nun als erster an das Bündel heran, wir sahen, daß er sich bückte, dann sagte er:
»Jeder nimmt eine Ecke, es ist ein junger Pionier, ein halber Pionier.«
Auch wir bückten uns, und jeder ergriff eine Ecke der Zeltbahn, dann sagte der Zugmelder: »Los«, und wir hoben an und schleppten uns vorwärts, dem Dorfrand entgegen . . .
Jeder Tote ist so schwer wie die ganze Erde, aber dieser halbe war so schwer wie die Welt. Allen Schmerz und alle Last des ganzen Weltalls schien er in sich aufgesogen zu haben. Wir keuchten und stöhnten, und ohne ein Wort der Verständigung setzten wir nach wenigen dreißig Schritten wieder ab.
Und immer kürzer wurden die Abstände, immer schwerer und schwerer wurde der halbe Pionier, als sauge er immer neue Last in sich hinein. Es schien mir, als müßte die schwache Kruste der Erde einbrechen unter diesem Gewicht, und wenn wir erschöpft das Bündel sinken ließen, schien es mir, als würde es uns niemals wieder gelingen, den Toten aufzuheben. Zugleich dünkte mich, als wüchse das Bündel ins Unermeßliche. Die drei an den anderen Ecken schienen unendlich fern von mir, so weit, daß mein Ruf sie nicht würde erreichen können. Auch ich selber wuchs, meine Hände wurden riesig, und mein Kopf wuchs ins Gräßliche, der Tote aber, das Totenbündel, blähte sich wie ein ungeheurer Schlauch, als sauge und sauge er das Blut aller Schlachtfelder aller Kriege in sich hinein.
Alle Gesetze der Schwere und des Maßes waren aufgehoben und hinausgehoben in die Unendlichkeit, die sogenannte Wirklichkeit war aufgeblasen von den düsteren und schattenhaften Gesetzen einer anderen Wirklichkeit, die ihrer spottete.
Der halbe Pionier schwoll und schwoll wie ein ungeheurer Schwamm, der sich mit bleiernem Blut vollsaugt. Kalter Schweiß brach aus meinem Körper und mischte sich mit jenem schaudervollen Schmutz, der sich in langen Wochen

auf meinem Leibe angesammelt hatte. Ich roch mich selbst wie eine Leiche ...

Während ich immer weiter und weiter den Pionier schleppte, gehorchend jenem seltsamen Drang, der uns alle gleichmäßig um eine bestimmte Sekunde wieder eine Ecke ergreifen hieß; während wir weiter und weiter, immer in kurzen Stücken, die Last der Welt dem Dorfrand zuschleiften, schwand mir fast das Bewußtsein vor einer grauenvollen Angst, die aus dem wachsenden, immer mehr wachsenden Bündel in mich überging wie ein Gift. Ich sah nichts mehr und hörte nichts, und doch war mir jede Einzelheit des Vorganges bewußt ...

Abschuß und Heransausen der Granate hatte ich nicht gehört; die Explosion zerriß alle Gespinste traumhafter, halbbewußter Qual, mit leeren Händen starrte ich ins Leere, während ferne, irgendwo an einem Hügelrand, das Echo der Explosion wie ein vielfaches Gelächter widerhallte; vor mir, hinter mir und zu beiden Seiten vernahm ich jenes seltsame, hellachende Echo, als sei ich in einem Bergkessel gefangen, und es klang in meinen Ohren wie das blecherne Scheppern jener vaterländischen Lieder, die an den Mauern der Kaserne herauf und herunter gekrochen waren. Mit einer fast wesenlosen, neugierigen Spannung wartete ich darauf, daß irgendwo an meinem Körper sich ein Schmerz melden oder das Fließen warmen Blutes spürbar werden würde; nichts, nichts von dem; aber plötzlich spürte ich, daß meine Füße halb über einem Hohlraum standen, daß meine Fußspitzen bis zur Hälfte des Fußes im Leeren schwankten, und da ich mit der nüchternen Neugierde eines Erwachenden niederblickte, sah ich, schwärzer als die Schwärze ringsum, einen großen Trichter zu meinen Füßen ...

Ich ging mutig nach vorne in den Trichter hinein, aber ich fiel nicht und sank nicht; weiter, weiter ging ich, immer wieder auf wunderbar sanftem Boden unter dem vollendeten Dunkel des Gewölbes. Lange überlegte ich so im

Weiterschreiten, ob ich nun dem Fourier einundzwanzig, siebzehn oder vierzehn melden sollte ... bis der große, gelbe, glänzende Stern vor mir aufstieg und sich am Gewölbe des Himmels festpflanzte; und leise strahlend fanden sich auch paarweise die anderen Sterne ein, die sich nun zu einem Dreieck zusammenschlossen. Da wußte ich, daß ich an einem anderen Ziele war und wahrheitsgemäß vier und einen halben würde melden müssen, und als ich lächelnd vor mich hinsagte: viereinhalb, sprach eine große und liebevolle Stimme: Fünf!

Wiedersehen in der Allee

Manchmal, wenn es wirklich still wurde, wenn das heisere Knurren der Maschinengewehre erloschen war und jene gräßlich spröden Geräusche schwiegen, die den Abschuß der Granatwerfer anzeigten, wenn über den Linien etwas für uns Unnennbares schwebte, was unsere Väter vielleicht Frieden genannt hätten, in jenen Stunden unterbrachen wir das Läuseknacken oder unseren schwachen Schlaf, und Leutnant Hecker fingerte mit seinen langen Händen am Verschluß jener Munitionskiste, die in die Wand unseres Erdloches eingelassen war und die wir unseren Barschrank nannten; er zog an dem Lederstückchen, so daß der Nagel der Schnalle aus seinem Loch flutschte und sich unseren Blicken die Herrlichkeit unseres Besitzes bot: links standen des Leutnants und rechts meine Flaschen, und in der Mitte war ein gemeinsamer, besonders köstlicher Besitz, der jenen Stunden vorbehalten war, wo es wirklich still wurde ...

Zwischen den dunkelweißen Pullen mit Kartoffelschnaps standen zwei Flaschen echten französischen Kognaks, des prächtigsten, den wir je tranken. Auf eine wahrhaft geheimnisvolle Weise, durch vieltausendfache Möglichkeiten der Unterschlagung, hindurch durch den Dschungel der Korruption, kam in gewissen Abständen wirklicher Hennessy in unsere Löcher vorne, wo wir gegen Dreck, Läuse und Hoffnungslosigkeit zu kämpfen hatten. Wir pflegten den jungen Burschen, die sich vor Schnaps aller Art schüttelten und mit dem Heißhunger bleicher Kinder nach Süßigkeiten verlangten, ihren Anteil an diesem köstlichen gelben Getränk in Schokolade und Bonbons zu vergüten, und wohl selten wurde ein Tauschhandel geschlossen, der beide Partner mehr beglückte.

»Komm«, pflegte Hecker zu sagen, nachdem er möglichst eine saubere Kragenbinde eingeknöpft hatte und sich wohlig über sein rasiertes Kinn gefahren war. Ich richtete mich langsam aus dem düsteren Hintergrund unseres

Loches auf, streifte mit matten Handbewegungen die Strohflusen von meiner Uniform und beschränkte mich auf die einzige Zeremonie, zu der ich noch Kraft fand: ich kämmte mich und wusch mir in Heckers Rasierwasser – einem Kaffeerest in einer Blechbüchse – meine Hände lange und mit einer fast perversen Innigkeit. Hecker wartete geduldig, bis ich auch meine Nägel gesäubert hatte, baute unterdes einen Munitionskasten als eine Art Tisch zwischen uns auf und rieb mit einem Taschentuch unsere beiden Schnapsgläser sauber: dickwandige, stabile Dinger, die wir ebenso wohl zu behüten pflegten wie unseren Tabak. Wenn er dann die große Schachtel Zigaretten aus den Hintergründen seiner Tasche hervorgesucht hatte, war auch ich mit meinen Vorbereitungen fertig.

Meist war es nachmittags, und wir hatten die Decke vor unserem Loch beiseite geschoben, und manchmal wärmte eine bescheidene Sonne unsere Füße . . .

Wir blickten uns an, stießen die Gläser gegeneinander, tranken und rauchten. In unserem Schweigen war etwas herrlich Feierliches. Das einzig feindliche Geräusch war der Einschlag eines Scharfschützengeschosses, das mit minutiöser Pünktlichkeit in gewissen Abständen genau vor den Balken schlug, der die Böschung am Eingang unseres Bunkers stützte. Mit einem kleinen und fast liebevollen »Flapp« raschelte das Geschoß in die spröde Erde. Es erinnerte mich oft an das bescheidene und fast lautlose Huschen einer Feldmaus, die an einem stillen Nachmittag über den Weg läuft. Dieses Geräusch hatte etwas Beruhigendes, denn es vergewisserte uns, daß die köstliche Stunde, die nun anbrach, nicht Traum war, nichts Unwirkliches, sondern ein Stück unseres wahrhaften Lebens.

Nach dem vierten oder fünften Glase erst fingen wir zu sprechen an. Unter dem müden Geröll unseres Herzens wurde von diesem wunderbaren Getränk etwas seltsam Kostbares geweckt, das unsere Väter vielleicht Sehnsucht genannt hätten.

Über den Krieg, unsere Gegenwart, hatten wir kein Wort mehr zu verlieren. Zu oft und zu innig hatten wir seine zähnefletschende Fratze gesehen, und sein grauenhafter Atem, wenn die Verwundeten in dunklen Nächten in zwei verschiedenen Sprachen zwischen den Linien klagten, hatte uns zu oft das Herz erzittern gemacht. Wir haßten ihn zu sehr, als daß wir noch glauben mochten an die Seifenblasen der Phrasen, die das Gesindel hüben und drüben aufsteigen ließ, um ihm den Wert einer »Sendung« zu geben.
Auch die Zukunft konnte nicht Gegenstand dieser Gespräche sein. Sie war ein schwarzer Tunnel voll spitzer Ecken, an denen wir uns stoßen würden, und wir hatten Furcht vor ihr, denn das grauenhafte Dasein, Soldat zu sein und wünschen zu müssen, daß der Krieg verlorengeht, hatte unser Herz ausgehöhlt.
Wir sprachen von der Vergangenheit; von jener kümmerlichen Andeutung dessen, was unsere Väter vielleicht Leben genannt hätten. Jener allzu kleinen einzigen Spanne menschlicher Erinnerungen, die gleichsam eingeklemmt gewesen war zwischen dem verfaulenden Kadaver der Republik und jenem aufgeblähten Ungeheuer Staat, dessen Sold wir einstecken mußten.
»Denk dir ein kleines Café«, sagte Hecker, »vielleicht gar unter Bäumen, im Herbst. Der Geruch von Feuchtigkeit und Fäulnis ist in der Luft, und du übersetzt ein Gedicht von Verlaine; du hast ganz leichte Schuhe an den Füßen, und später, wenn der Dämmer in dichten Wolken niedersinkt, gehst du schlurfend nach Hause, schlurfend, verstehst du; du läßt deine Füße durch das nasse Laub schleifen und siehst den Mädchen ins Gesicht, die dir entgegenkommen ...« Er goß die Gläser voll, mit ruhigen Händen wie ein liebevoller Arzt, der ein Kind operiert, stieß mit mir an, und wir tranken ... »Vielleicht lächelt dich eine an, und du lächelst zurück, und ihr geht beide weiter, ohne euch umzuwenden. Dieses kleine Lächeln, das ihr getauscht habt, wird nie sterben, niemals, sage ich dir ... es wird

vielleicht euer Erkennungszeichen sein, wenn ihr euch in einem anderen Leben wiederseht ... ein lächerliches kleines Lächeln ...«

Es kam etwas wunderbar Junges in seine Augen, er blickte mich lachend an, und auch ich lächelte, ich ergriff die Flasche und goß ein. Dann tranken wir drei oder vier hintereinander, und kein Tabak schmeckte köstlicher als jener, der sich mit dem kostbaren Aroma des Kognaks mischte.

Zwischendurch mahnte uns das Scharfschützengeschoß, daß die Zeit unbarmherzig vertropfte; und hinter unserer Freude und dem Genuß der Stunde drohte wieder die Unerbittlichkeit unseres Lebens, die durch eine plötzlich einschlagende Granate, durch den Alarmruf eines Postens, Angriffs- oder Rückzugsbefehl uns zerreißen würde. Wir begannen hastiger zu trinken, wildere Worte zu wechseln, und in die sanfte Freude unserer Augen mischte sich Lust und Haß; und wenn sich unweigerlich der Boden der Flasche zeigte, wurde Hecker unsagbar traurig, seine Augen wandten sich wie verschwimmende Scheiben mir zu, und er begann leise und fast irr zu flüstern: »Das Mädchen, weißt du, wohnte am Ende einer Allee, und als ich zuletzt in Urlaub war ...«

Das war für mich das Zeichen, daß ich Schluß zu machen hatte. »Leutnant«, sagte ich kalt und scharf, »sei still, hörst du?« So hatte er selbst mir gesagt: »Wenn ich anfange, von einem Mädchen zu sprechen, das am Ende einer Allee wohnte, dann mußt du mir sagen, daß ich die Schnauze halten soll, verstehst du mich, du mußt, du mußt!!«

Und ich folgte diesem Befehl, wenn es mir auch schwerfiel, ihn auszuführen, denn Hecker erlosch gleichsam, wenn ich mahnte; seine Augen wurden hart und nüchtern, und um seinen Mund kam die Falte der Bitterkeit ...

An jenem Tage aber, von dem ich erzählen will, war alles anders als sonst. Wir hatten Wäsche bekommen, ganz neue Wäsche, neuen Kognak; ich hatte mich rasiert und mir anschließend sogar die Füße gewaschen in der Blechbüchse; ja, eine Art Bad hatte ich genommen, denn sogar neue Strümpfe hatte man uns geschickt, Strümpfe, an denen die weißen Ringe wirklich noch weiß waren . . .

Hecker lag zurückgelehnt auf unserer Liegestatt, rauchte und sah mir zu, wie ich mich wusch. Es war ganz still draußen, aber diese Stille war bösartig und lähmend, es war eine drohende Stille, und ich sah es an Heckers Händen, wenn er eine neue Zigarette an der alten anzündete, daß er erregt war und Angst hatte, denn wir hatten Angst, alle, die noch menschlich waren, hatten Angst.

Plötzlich hörten wir das leise Huschen, mit dem das Geschoß des Scharfschützen in die Böschung zu schlagen pflegte, und dieses sanfte Geräusch nahm der Stille alles Beängstigende, und wie in einem Atemzug lachten wir beide auf; Hecker sprang hoch, stapfte ein wenig mit den Füßen und rief laut und kindlich: »Hurra, hurra, jetzt wird gesoffen, gesoffen auf das Wohl des Kameraden, der immer in dieselbe Stelle schießt und immer verkehrt!«

Er öffnete den Verschluß, klopfte mir auf die Schulter und wartete geduldig, bis ich meine Stiefel wieder angezogen und mich zu unserem Trunke bereitgesetzt hatte. Hecker breitete ein neues Taschentuch über die Kiste und zog zwei prachtvolle lange, hellbraune Zigarren aus seiner Brusttasche.

»Das ist was ganz Feines«, rief er lachend, »Kognak und eine gute Zigarre.« Wir stießen an, tranken und rauchten in langsamen, genußvollen Zügen.

»Erzähl mir was«, rief Hecker, »du mußt mal was erzählen, los«, er blickte mich ernst an. »Mensch, nie hast du was erzählt, immer hast du mich quatschen lassen.«

»Ich kann nicht viel sagen«, warf ich leise hin, und nun blickte ich ihn an, goß ein und trank erst mit ihm, und es war wunderbar, wie das kühle, uns so köstlich wärmende Getränk dunkelgelb in uns hineinfloß. »Weißt du«, fing ich zaghaft an, »ich bin jünger als du und ein wenig älter. Ich bin immer sitzengeblieben in der Schule, dann mußte ich in eine Lehre, ich sollte Schreiner werden. Das war erst bitter, aber später, so nach einem Jahr, gewann ich Freude an der Arbeit. Es ist was Herrliches, mit Holz zu arbeiten. Du machst dir eine Zeichnung auf schönes Papier, richtest dein Holz zurecht, saubere, feingemaserte Bretter, die du liebevoll hobelst, während dir der Geruch von Holz in die Nase steigt. Ich glaube, ich wäre ein ganz guter Schreiner geworden, aber als ich neunzehn wurde, mußte ich zum Kommiß, und ich habe den ersten Schrecken, nachdem ich durchs Kasernentor gegangen war, nie überwunden, in sechs Jahren nicht, deshalb sprech ich nicht viel ... bei euch ist das etwas anderes ...« Ich errötete, denn noch nie im Leben hatte ich so viel gesprochen.

Hecker sah mich nachdenklich an. »So«, sagte er, »ich glaub, das ist schön, Schreiner.«

»Aber hast du nie ein Mädchen gehabt?« fing er plötzlich lauter an, und ich spürte schon, daß ich bald wieder Schluß machen mußte. »Nie? Nie? Hast du nie deinen Kopf auf eine sanfte Schulter gelegt und gerochen, ihr Haar gerochen ... nie?« Diesmal schenkte er wieder ein, und die Flasche war leer mit diesen beiden letzten Schnäpsen. Hecker blickte mit einer schaurigen Trauer um sich. »Keine Wand hier, an der man die Pulle kaputtschlagen könnte, was?« – »Halt«, rief er plötzlich und lachte wild auf, »der Kamerad soll auch was haben, er soll sie kaputtschießen.«

Er trat einen Schritt vor und stellte die Flasche an jene Stelle, wo die Geschosse des Scharfschützen einzuschlagen pflegten, und ehe ich es verhindern konnte, hatte er die nächste Flasche aus unserem Schrank genommen, sie geöffnet und eingeschenkt. Wir stießen an, und im gleichen Augenblick ertönte draußen auf der Böschung ein sanftes »Pong«, wir blickten erschreckt hoch und sahen, daß die Flasche einen Augenblick nachher noch fest stand, fast starr, dann aber glitt ihr oberer Teil herab, während die untere Hälfte stehenblieb. Die große Scherbe rollte in den

Graben, fast bis vor unsere Füße, und ich weiß nur noch, daß ich Angst hatte, Angst von diesem Augenblick an, in dem die Flasche zerbrochen war . . .

Zugleich ergriff mich eine tiefe Gleichgültigkeit, während ich so schnell, wie Hecker eingoß, half, die zweite Flasche zu leeren. Ja, Angst und Gleichgültigkeit zugleich. Auch Hecker hatte Angst, ich sah es; wir blickten gequält aneinander vorbei, und an jenem Tage brachte ich nicht die Kraft auf, ihn zu unterbrechen, als er wieder von dem Mädchen anfing . . .

»Weißt du«, sagte er hastig, an mir vorbeiblickend, »sie wohnte am Ende einer Allee, und als ich zuletzt in Urlaub war, da war Herbst, richtiger Herbst, ein später Nachmittag, und ich kann dir gar nicht beschreiben, wie schön die Allee war – –«, ein wildes, köstliches und doch irgendwie irres Glück tauchte in seinen Augen auf, und um dieses Glückes willen war ich froh, ihn nicht unterbrochen zu haben; er rang im Weitersprechen die Hände, wie jemand, der etwas formen will und weiß nicht wie, und ich spürte, daß er nach den richtigen Ausdrücken suchte, um mir die Allee zu beschreiben. Ich schenkte ein, wir tranken schnell aus, und ich schenkte wieder ein, und wir kippten die Gläser hinunter . . .

»Die Allee«, sagte er heiser, fast stammelnd, »die Allee war ganz golden, das ist kein Quatsch, du, sie war einfach golden, schwarze Bäume mit Gold, und graublauer Schimmer darin – – ich war irrsinnig glücklich, während ich langsam in ihr hinabschritt bis zu jenem Haus, ich fühlte mich eingesponnen von dieser kostbaren Schönheit, und ich saugte die rauschhafte Vergänglichkeit unseres menschlichen Glückes in mich hinein. Verstehst du? Diese zauberhafte Gewißheit ergriff mich namenlos . . . und . . . und . . .«

Hecker schwieg eine Weile, während er wieder nach Worten zu suchen schien, ich goß die Gläser wieder voll, stieß mit ihm an, und wir tranken: in diesem Augenblick

zerschellte auch der untere Teil der Flasche auf der Böschung, und mit einer aufreizenden Langsamkeit purzelten die Scherben eine nach der anderen in den Graben.
Ich erschrak, als Hecker plötzlich aufstand, sich bückte und die Decke ganz beiseite schob; ich hielt ihn am Rockärmel zurück, und nun wußte ich, warum ich die ganze Zeit über Angst gehabt hatte. »Laß mich«, schrie er, »laß mich ... ich geh, ich geh in die Allee ...« Draußen stand ich neben ihm, die Flasche in meiner Hand. »Ich geh«, flüsterte Hecker, »ich geh ganz hinein bis ans Ende, wo das Haus steht! Es ist ein braunes Eisengitter davor und sie wohnt oben und ...« Ich bückte mich erschreckt, denn ein Geschoß pfiff an mir vorbei in die Böschung, genau an die Stelle, wo die Flasche gestanden hatte.
Hecker flüsterte stammelnd sinnlose Worte, ein inniges, jetzt ganz sanftes Glück war auf seinen Zügen, und vielleicht wäre noch Zeit gewesen, ihn zurückzurufen, so wie er mir befohlen hatte. In seinen sinnlosen Worten erkannte ich nur immer die einen: »Ich geh – – ich geh einfach dorthin, wo mein Mädchen wohnt ...«
Ich kam mir sehr feige vor, wie ich unten auf dem Boden hockte, die Flasche mit dem Kognak in der Hand, und ich fühlte es wie eine Schuld, daß ich nüchtern war, grausam nüchtern, während auf Heckers Gesicht eine unbeschreiblich süße und innige Trunkenheit lag; er blickte starr gegen die feindlichen Linien zwischen schwarzen Sonnenblumenstengeln und zerschossenen Gehöften, ich beobachtete ihn scharf; er rauchte eine Zigarette. »Leutnant«, rief ich leise, »trink, komm, trink«, und ich hielt ihm die Flasche entgegen, und als ich mich aufrichten wollte, spürte ich, daß auch ich betrunken war, und zu tiefinnerst verfluchte ich mich, daß ich ihn nicht früh genug zurückgerufen hatte, denn jetzt schien es zu spät zu sein; er hatte meinen Ruf nicht gehört, und eben, als ich den Mund öffnen wollte, noch einmal zu rufen, um ihn wenigstens mit der Flasche aus der Gefahr oben zurückzuholen, hörte ich ein ganz

helles und feines »Ping« von einem Explosivgeschoß. Hecker wandte sich mit einer erschreckenden Plötzlichkeit um, lächelte mich kurz und selig an, dann legte er seine Zigarette auf die Böschung und sank in sich zusammen, ganz langsam fiel er hintenüber – – es griff mir eiskalt ans Herz, die Flasche entglitt meinen Händen, und ich blickte erschreckt auf den Kognak, der ihr mit leisem Glucksen entfloß und eine kleine Pfütze bildete. Wieder war es sehr still, und die Stille war drohend . . .
Endlich wagte ich aufzublicken in Heckers Gesicht: seine Wangen waren eingefallen, die Augen schwarz und starr, und doch war auf seinem Gesicht noch ein Schimmer jenes Lächelns, das auf ihm geblüht hatte, während er irre Worte flüsterte. Ich wußte, daß er tot war. Aber dann schrie ich plötzlich, schrie wie ein Wahnsinniger, beugte mich, alle Vorsicht vergessend, über die Böschung und schrie zum nächsten Loch: »Hein! Hilf! Hein, Hecker ist tot!« und ohne eine Antwort abzuwarten, sank ich schluchzend zu Boden, von einem gräßlichen Grauen gepackt, denn Heckers Kopf hatte sich ein wenig gehoben, kaum merklich, aber sichtbar, und es quoll Blut heraus und eine fürchterliche gelblichweiße Masse, von der ich glauben mußte, daß es sein Gehirn war; es floß und floß, und ich dachte mit starrem Schrecken nur: woher kommt diese unendliche Masse Blut, aus seinem Kopf allein? Der ganze Boden unseres Loches bedeckte sich mit Blut, die lehmige Erde sog schlecht, und das Blut erreichte den Fleck, wo ich neben der leeren Flasche kniete . . .
Ich war ganz allein auf der Welt mit Heckers Blut, denn Hein antwortete nicht, und das sanfte Schlurfen des Scharfschützengeschosses war nicht mehr zu hören . . .
Plötzlich aber barst die Stille mit einem Knall, ich zappelte erschreckt hoch und erhielt im gleichen Augenblick einen Schlag gegen den Rücken, der seltsamerweise gar nicht schmerzte; ich sank nach vorne mit dem Kopf auf Heckers Brust, und während der Lärm rings um mich her erwachte,

das wilde Bellen des Maschinengewehrs aus Heins Loch und die grauenhaften Einschläge jener Werfer, die wir Orgeln nannten, wurde ich ganz ruhig: denn mit Heckers dunklem Blut, das immer noch auf der Sohle des Loches stand, mischte sich ein helles, ein wunderbares helles Blut, von dem ich wußte, daß es warm und mein eigenes war; und ich sank immer, immer tiefer, bis ich mich glücklich lächelnd am Eingang jener Allee fand, die Hecker nicht hatte beschreiben können, denn die Bäume waren kahl, Einsamkeit und Öde nisteten zwischen fahlen Schatten, und die Hoffnung starb in meinem Herzen, während ich ferne, unsagbar weit, Heckers winkende Silhouette gegen ein sanftes goldenes Licht sah . . .

In der Finsternis

»Mach jetzt die Kerze an«, sagte eine Stimme.

Man hörte nichts, nur dieses seltsame, so furchtbar sinnlose Rascheln, wenn jemand nicht schlafen kann.

»Du sollst die Kerze anmachen«, sagte dieselbe Stimme schärfer.

Endlich konnte man den Geräuschen entnehmen, daß ein Mensch sich bewegte, die Decke beiseite schlug und sich aufrichtete; man hörte das daran, daß der Atem nun von oben kam. Auch das Stroh raschelte.

»Na?« sagte die Stimme.

»Der Leutnant hat gesagt, wir sollen die Kerze erst auf Befehl anmachen, in der Not ...«, sagte eine jüngere, sehr zaghafte Stimme.

»Du sollst die Kerze anmachen, du verdammter Rotzjunge«, schrie jetzt die ältere Stimme.

Auch er richtete sich jetzt auf, und ihre Köpfe lagen im Dunkeln nebeneinander, und ihre Atemstöße verliefen parallel.

Der, der zuerst gesprochen hatte, verfolgte gereizt die Bewegungen des anderen, der die Kerze irgendwo im Gepäck versteckt hatte. Seine Atemstöße wurden ruhiger, als er endlich das Geräusch der Zündholzschachtel vernahm.

Dann zischte das Zündholz auf, und es wurde Licht: ein kümmerliches gelbes Licht.

Sie blickten sich an. Immer, wenn es wieder hell wurde, blickten sie sich zuerst an. Dabei kannten sie sich gut, viel zu gut. Sie haßten sich fast, so gut kannten sie sich; sie kannten ihren Geruch, fast den Geruch jeder Pore, und doch blickten sie sich an, der Ältere und der Jüngere. Der Jüngere war blaß und schmal und hatte ein Niemandsgesicht, und der Ältere war blaß und schmal und unrasiert und hatte ein Niemandsgesicht.

»Na«, sagte der Ältere, jetzt ruhiger, »wann wirst du

endlich lernen, daß man nicht alles tut, was die Leutnants sagen ...«

»Er wird ...«, wollte der Jüngere anfangen.

»Er wird gar nichts«, sagte der Ältere wieder scharf und zündete eine Zigarette an dem Licht an, »er wird die Schnauze halten, und wenn er sie nicht hält, und ich bin gerade nicht da, dann sag ihm, er soll warten, bis ich käm, ich hätte das Licht angemacht, verstehst du. Ob du verstehst?«

»Jawohl.«

»Laß dieses Scheißjawohl, sag ruhig ja zu mir. Und mach das Koppel ab«, er schrie jetzt wieder, »zieh dieses verdammte Scheißkoppel aus, wenn du schläfst.«

Der Jüngere blickte ihn ängstlich an und zog das Koppel aus und legte es neben sich ins Stroh.

»Roll den Mantel zusammen und leg ihn als Kopfkissen hin. So. Ja ... und nun schlaf, ich wecke dich, wenn du sterben mußt ...«

Der Jüngere rollte sich auf die Seite und versuchte zu schlafen. Man sah nur den braunen verfilzten Wirbel junger Haare, einen sehr dünnen Hals und die leeren Schultern des Uniformrockes. Die Kerze flackerte ein wenig und ließ ihr spärliches Licht schaukeln in dem dunklen Erdloch, als sei sie ein großer gelber Schmetterling, der nicht weiß, wo er sich niederlassen soll.

Der Ältere saß noch immer halb hockend und stieß den Rauch der Zigarette heftig vor sich gegen die Erde. Die Erde war dunkelbraun, an manchen Stellen sah man die weißen Schnittflächen, wo der Spaten eine Wurzel durchschlagen oder etwas höher eine Zwiebel durchschnitten hatte. Die Decke bestand aus ein paar Brettern, über die die Zeltbahn geworfen war, und in den Zwischenräumen der Bretter hing die Zeltbahn etwas runter, weil die Erde, die darüber lag, schwer war, schwer und naß. Draußen regnete es. Es rauschte. Ein sanftes, unsagbar stetiges Rauschen, und der Ältere, der immer starr gegen die Erde blickte, sah jetzt einen kleinen, sehr dünnen Wasserstrahl, der unter der Decke her in das Loch floß. Das kleine Wasser staute sich ein bißchen vor irgendwelchen Erdbrocken, aber es floß stetig nach, und dann schwemmte es an den Erdbrocken vorbei bis zum nächsten Hindernis, und das waren die Füße des Mannes, und das immer mehr nachfließende Wasser umschwemmte die Füße des Mannes, so daß seine schwarzen Stiefel wie eine regelmäßige Halbinsel in dem Wasser lagen. Der Mann spuckte den Zigarettenstummel in die Pfütze und zündete an der Kerze eine neue an. Dabei nahm er die Kerze oben vom Rand des Loches und stellte sie neben sich auf einen Maschinengewehrkasten. Die Hälfte, in der der Jüngere lag, lag jetzt fast im Dunkeln. Das schwankende Licht erreichte diese Hälfte nur noch in kurzen, aber heftigen Zuckungen, die immer mehr nachließen.

»Schlaf jetzt, verdammt«, sagte der Ältere, »hörst du, du sollst schlafen.«

»Jawohl . . . ja«, sagte die schwache Stimme, aber man hörte, daß sie wacher war als eben, als es dunkel gewesen war.

»Augenblick«, sagte der Ältere wieder milder. »Noch eine oder zwei Zigaretten, dann mach ich aus, und wir versaufen wenigstens im Dunkeln.«

Er rauchte weiter und wandte manchmal seinen Kopf nach links, wo der Junge lag, aber er spuckte auch den zweiten Stummel in die größer werdende Pfütze, zündete die dritte an und immer noch hörte er am Atem da neben sich, daß das Kind nicht schlafen konnte.

Dann nahm er den Spaten, hieb in die weiche Erde und richtete hinter der Decke, die den Ausgang bildete, einen kleinen Wall aus Erde auf. Hinter diesem Wall richtete er eine zweite Schicht aus Erde auf. Die Pfütze zu seinen Füßen deckte er mit einem Spatem voll Erde zu. Draußen war nichts zu hören als das milde Rauschen des Regens; ganz langsam schien sich die Erde, die oben auf der Zeltbahn lag, auch vollzusaugen, denn es tropfte jetzt auch leise von oben.

»Scheiße«, murmelte der Ältere. »Schläfst du jetzt?« – »Nein.«

Der Ältere spuckte den dritten Stummel hinter den Wall aus Erde und blies die Kerze aus. Gleichzeitig zog er seine Decke wieder hoch, trat sich unten mit den Füßen zurecht und legte sich aufseufzend zurück. Es war ganz still und ganz dunkel, und wieder nur dieses sinnlose Rascheln, wenn einer nicht schlafen kann, und das Rauschen des Regens, sehr milde.

»Willi ist verwundet«, sagte plötzlich die Stimme des Jüngeren, nachdem ein paar Minuten Stille gewesen war. Die Stimme war so wach wie nie, fast frisch.

»Wieso«, fragte der Ältere zurück.

»Ja, verwundet«, sagte die jüngere Stimme, fast triumphierend, sie war froh, daß sie eine wichtige Neuigkeit wußte, von der die ältere Stimme offenbar nichts wußte. »Beim Scheißen verwundet.«

»Du bist verrückt«, sagte der Ältere, dann seufzte er wieder und fuhr fort: »Das nenn ich Schwein, das nenn ich ein verdammtes Glück, gestern vom Urlaub gekommen und heute beim Scheißen verwundet. Schwer?« – »Nein«, sagte der Jüngere lachend, »das heißt: auch nicht leicht: Schußbruch, aber Arm.«

»Schußbruch am Arm! Vom Urlaub gekommen und beim Scheißen verwundet, Schußbruch am Arm! Solch ein Schwein ... wobei denn eigentlich?«

»Wie sie das Wasser geholt haben gestern abend«, sagte die jüngere Stimme, sie sprach jetzt sehr eifrig. »Wie sie das Wasser geholt haben, da sind sie hinten den Berg runter, mit den Kanistern, und der Willi hat zu dem Feldwebel Schubert gesagt: ›Ich muß scheißen, Herr Feldwebel!‹ – ›Nichts zu machen‹, hat der Feldwebel gesagt. Aber der Willi hat einfach nicht mehr gekonnt, ist einfach weg und die Hose runter und bums! Granatwerfer. Und sie haben ihm die Hose richtig hochziehen müssen. Der linke Arm war verwundet, und mit dem rechten hat er den linken gehalten und ist so abgehauen zum Verbinden, die Hose runter. Die haben gelacht, alle haben gelacht, auch der Feldwebel Schubert hat gelacht.« Er fügte das letztere fast entschuldigend hinzu, als wolle er sein eigenes Lachen entschuldigen, denn er lachte jetzt . . .

Aber der Ältere lachte nicht.

»Licht«, fluchte er laut, »los, gib die Hölzer her, Licht!« Er ließ das Zündholz aufflammen und fluchte vor sich hin. »Ich will wenigstens Licht, wenn ich schon nicht verwundet werde. Wenigstens Licht, sie sollen wenigstens für Kerzen sorgen, wenn sie Krieg spielen wollen. Licht! Licht« Er schrie wieder und zündete wieder eine Zigarette an.

Die jüngere Stimme hatte sich aufgerichtet und kramte mit dem Löffel in einer fettigen Büchse, die sie auf den Knien hielt.

So hockten sie stumm nebeneinander in dem gelben Licht.

Der Ältere rauchte heftig und der Jüngere sah jetzt schon ziemlich fettig aus: sein ganzes Kindergesicht war beschmiert, fast überall an den Rändern der verfilzten Haare klebten Brotkrümel.

Dann fing der Jüngere an, mit einem Stück Brot die Fettbüchse auszukratzen.

Plötzlich wurde es ganz still: der Regen hatte aufgehört. Sie hielten beide inne und blickten sich an: der Ältere mit der Zigarette in der Hand und der Junge, der das Brot in den zitternden Fingern hielt. Es war unheimlich still, erst nach ein paar Atemzügen hörten sie, daß irgendwo noch aus der Zeltbahn Regen tropfte.

»Verdammt«, sagte der Ältere, »ob der Posten noch dasteht? Nichts zu hören.«

Der Jüngere steckte das Brot in den Mund und warf die Blechbüchse neben sich ins Stroh.

»Ich weiß nicht«, sagte der Jüngere, »sie wollen uns ja Bescheid sagen, wenn wir sie ablösen sollen . . .«

Der Ältere erhob sich schnell. Er blies das Licht aus, stülpte den Stahlhelm über und schlug die Decke beiseite. Was durch die Öffnung hereinkam, war kein Licht. Nur kühle feuchte Finsternis, dann schnippte der Ältere die Zigarette aus und steckte den Kopf hinaus.

»Verdammt«, murmelte er draußen, »nichts zu sehen. He!« rief er halblaut. Dann kam sein dunkler Kopf wieder zurück, und er fragte: »Wo ist denn das nächste Loch?«

Der Jüngere tastete sich hoch und stand nun neben dem anderen in der Öffnung.

»Sei mal still«, sagte der Ältere plötzlich scharf und leise. »Da kriecht was rum.«

Sie blickten dahin, wo vorne war. In der stillen Finsternis war wirklich das Geräusch eines kriechenden Menschen zu hören, und ganz plötzlich ein so seltsamer Knacks, daß sie beide zusammenzuckten; es war ein Geräusch, als hätte jemand eine lebendige Katze gegen die Wand geschleudert: das Geräusch brechender Knochen.

»Verflucht«, murmelte der Ältere, »da stimmt was nicht. Wo steht der Posten?« – »Da«, sagte der Jüngere, er tastete im Dunkeln nach der Hand des anderen und hob sie hoch nach rechts.

»Da«, sagte er, »da ist auch das Loch.«

»Warte«, sagte der Ältere, »hol auf jeden Fall die Knarre.«

Wieder hörten sie da vorne einen furchtbaren Knacks, dann Stille und das Kriechen eines Menschen.

Der Ältere tastete sich durch den Schlamm, manchmal stehenbleibend und leise horchend, bis er endlich nach wenigen Metern das sehr dunkle Gemurmel einer Stimme hörte, dann sah er sehr schwachen Lichtschimmer aus der Erde, ertastete den Eingang und rief: »He, Kumpel.«

Die Stimme verstummte, das Licht wurde gelöscht und eine Decke beiseite geschoben, und der dunkle Schädel eines Menschen tauchte aus der Erde auf. »Was ist denn?«

»Wo ist der Posten?«

»Da – hier.«

»Wo?«

»Hallo, he . . . Neuer . . . he!«

Es kam keine Antwort, das Kriechen war nicht mehr zu hören, es war überhaupt nichts mehr zu hören, nur Finsternis lag vorne, stille Finsternis. »Verflucht, das ist komisch«, sagte die Stimme des Mannes, der aus der Erde gekommen war. »Hallo . . . he . . . er stand doch gleich hier am Bunker, ein paar Schritte nur weg . . .« Dann zog er sich hoch und stand nun neben dem, der ihn gerufen hatte. »Vorne kroch jemand«, sagte der, der gekommen war, »ganz bestimmt. Jetzt ist das Schwein still.«

»Mal sehen«, sagte der, der aus der Erde gekommen war. »Sollen wir mal sehen?«

»Hm, auf jeden Fall muß ein Posten hierhin.«

»Ihr seid dran.«

»Ja, aber . . .«

»Sei still.« Wieder hörte man vorne das Kriechen eines Menschen, es mochte zwanzig Schritte entfernt sein.

»Verdammt«, sagte der, der aus der Erde gekommen war, »du hast recht.«

»Vielleicht noch einer von gestern abend, der lebt und versucht wegzukriechen.«

»Oder neue.«

»Aber der Posten, verflucht.«

»Gehen wir?«

»Ja.«

Die beiden ließen sich plötzlich auf die Erde nieder und bewegten sich, im Schlamm kriechend, vorwärts. Von unten, von der Wurmperspektive, sah alles anders aus. Jede winzige Bodenwelle wurde zum Gebirge, hinter dem sehr weit weg etwas seltsam zu sehen war: eine etwas hellere Finsternis, der Himmel. Sie hielten die Pistolen in der Hand und krochen weiter, Meter um Meter durch den Schlamm.

»Verflucht«, sagte der, der aus der Erde gekommen war, leise, »ein Iwan von gestern abend.«

Der andere stieß auch bald auf einen Toten, ein stummes bleiernes Bündel, und dann hielten sie plötzlich still, und ihr Atem stockte: da war wieder dieses Knacken ganz nah, wie wenn jemand gewaltig einem in die Fresse schlüge. Dann hörten sie jemand keuchen.

»Hallo«, rief der, der aus der Erde gekommen war, »wer ist da?«

Auf ihren Anruf hin erlosch jedes Geräusch, es war etwas wie eine Atemlosigkeit in der Luft, dann sagte eine Stimme, sehr zaghaft: »Ich bin's . . .« – »Verflucht, was hast du da zu suchen und uns verrückt zu machen, du altes Arschloch!« rief der, der aus der Erde gekommen war. »Ich such was«, sagte die Stimme wieder da vorne.

Die beiden hatten sich erhoben und gingen nun auf die Stelle zu, wo die Stimme von unten gekommen war.

»Ein Paar Schuhe such ich«, sagte die Stimme, aber sie standen jetzt bei ihm. Ihre Augen hatten sich wieder an die Dunkelheit gewöhnt, und sie sahen jetzt ringsum Leichen liegen, zehn oder ein Dutzend, sie lagen da wie Baumstümpfe, schwarz und unbewegt, und an einem dieser Baumstümpfe hockte der Posten und nestelte an den Füßen herum. »Du hast auf deinem Posten zu stehen«, sagte der, der aus der Erde gekommen war.

Der andere, der den aus der Erde gerufen hatte, ließ sich blitzschnell niederfallen und beugte sich über das Gesicht des Toten. Der, der am Boden gehockt hatte, hielt jetzt plötzlich die Hände vors Gesicht und fing ganz leise und feige an zu wimmern wie ein Tier.

»Oh«, sagte der, der den aus der Erde gerufen hatte, und dann fügte er leise hinzu: »Du brauchst wohl auch Zähne, was, Goldzähne, wie?«

»Wie?« fragte der, der aus der Erde gekommen war, und der unten hockte wimmerte noch stärker.

»Oh«, sagte der eine wieder und es schien, als liege das Gewicht der Welt auf seiner Brust.

»Zähne?« fragte der, der aus der Erde gekommen war,

dann warf auch er sich blitzschnell neben den, der am Boden hockte, und riß ihm einen Stoffbeutel aus der Hand.
»Oh«, sprach auch er, und alles, was es an menschlichem Entsetzen geben konnte, sprach aus diesem Laut.
Der, der den anderen aus der Erde gerufen hatte, wandte sich ab, denn der, der aus der Erde gekommen war, hatte seine Pistole dem, der unten hockte, an den Kopf gesetzt und drückte jetzt ab.
»Zähne«, murmelte er, als der Knall verklungen war. »Goldzähne.«
Sie gingen sehr langsam zurück und traten sehr vorsichtig auf, solange sie in dem Bereich waren, wo die Toten lagen.
»Ihr seid dran«, sagte der, der aus der Erde gekommen war, bevor er wieder in der Erde verschwand.
»Ja«, sagte der eine nur, und auch er schlich sich langsam durch den Schlamm zurück, bevor er wieder in der Erde verschwand.
Er hörte gleich, daß der Jüngere noch immer nicht schlief; wieder dieses sinnlose Rascheln, wenn jemand nicht schlafen kann. »Mach Licht«, sagte er leise.
Die gelbe Flamme zuckte wieder auf und erhellte schwach das kleine Loch.
»Was ist los«, fragte der Junge entsetzt, als er das Gesicht des Älteren sah.
»Der Posten ist weg, du mußt aufziehen.«
»Ja«, sagte das Kind, »gib mir die Uhr bitte, damit ich die anderen wecken kann.«
»Hier.«
Der Ältere hockte sich auf sein Stroh und zündete eine Zigarette an, er blickte nachdenklich dem Jungen zu, der das Koppel umschnallte, den Mantel überzog und sich eine Handgranate entschärfte und dann mit müdem Gesicht die Maschinenpistole auf Munition untersuchte.
»Ja«, sagte der Kleine dann, »auf Wiedersehen.«
»Auf Wiedersehen«, sagte der Ältere, und er blies die Kerze aus und lag in völligem Dunkel ganz allein in der Erde . . .

Wir Besenbinder

Die Gutmütigkeit unseres Mathematiklehrers war ebenso groß wie sein cholerischer Drang; er pflegte in die Klasse zu stürzen – Hände in den Taschen –, seinen Zigarettenstummel in den Spucknapf links neben dem Papierkorb zu rotzen, dann stürmte er den Katheder und rief meinen Namen im Zusammenhang mit irgendeiner Frage, auf die ich nie Antwort wußte, wie immer sie auch heißen mochte . . .

Nachdem ich hilflos zu Ende gestammelt hatte, trat er auf mich zu, ganz langsam unter dem Gekicher der ganzen Klasse, und knuffte meinen unzählige Male gemarterten Schädel mit brutaler Gutmütigkeit, wobei er mehrmals murmelte: »Besenbinder, du, Besenbinder . . .«

Es war gewissermaßen eine Zeremonie, vor der ich zitterte meine ganze Schulzeit lang, um so mehr, da meine Kenntnisse in den Wissenschaften mit den steigenden Anforderungen nicht nur zu wachsen, sondern abzunehmen schienen. Aber wenn er mich gehörig geknufft hatte, ließ er mir meine Ruhe, ließ mich meinen ziellosen Träumen, denn es war hoffnungslos, vollkommen hoffnungslos, mir Mathematik beibringen zu wollen. Und ich schleppte meine Fünf all die Jahre hinter mir her wie ein Sträfling die schwere Kugel an seinen Füßen.

Das Imponierende an ihm war, daß er nie ein Buch bei sich trug, kein Heft und nicht einmal einen Zettel, sondern seine geheimen Künste aus den Ärmeln schüttelte und die ungeheuerlichsten Zeichnungen mit einer fast seiltänzerischen Sicherheit an die Tafel warf. Nur seine Kreise gelangen ihm nie. Er war zu ungeduldig. Er wickelte eine Schnur um ein ganzes Kreidestück, wählte den imaginären Mittelpunkt und raste dann so schwungvoll mit der Kreide rund, daß sie zerbrach und jämmerlich kreischend, aber flink über die Tafel hüpfte – Strich – Punkt, Punkt – Strich . . . und niemals trafen Anfangs- und Ausgangspunkte zusammen, so daß ein gräßlich klaffendes Gebilde entstand, wahrlich ein unerkanntes Symbol für die schmerzlich zerrissene Schöpfung. Und dieses Geräusch der kreischenden, knirschenden, oft auch knatternden Kreide war eine weitere Qual für mein ohnehin gemartertes Hirn, und ich pflegte aus meinen Träumen zu erwachen, aufzublicken, und kaum hatte er mich dann erspäht, als er zu mir stürzte, mich bei den Ohren nahm und mir befahl, seine Kreise zu ziehen. Denn diese Kunst beherrschte ich nach einem schlummernden, mir innewohnenden Gesetz fast fehlerlos. Wie köstlich war es doch, eine halbe Sekunde mit der Kreide zu spielen. Es war wie ein kleiner Rausch, die Umwelt versank, und eine tiefe Freude erfüllte mich, die alle Qual wettmachte ... aber auch aus dieser süßen Versunkenheit wurde ich geweckt durch sein nun anerkennend brutales Reißen an meinen Haaren, und unter dem Gelächter der ganzen Klasse schlich ich wie ein geprügelter Hund auf meinen Platz zurück, nun unfähig, mich wieder in das Reich der Träume zu begeben, in endloser Qual auf das Klingelzeichen wartend ...

Längst schon waren wir groß, längst waren meine Träume schmerzlicher geworden, längst schon mußte er »Sie« sagen, »Sie, Besenbinder, Sie«, und es gab martervolle lange Monate, in denen keine Kreise zu ziehen waren, sondern ich nur vergeblich zu versuchen verpflichtet war, das spröde Gebälk algebraischer Brücken zu überklettern, und immer schleppte ich die Fünf hinter mir her, immer noch wurde die längst gewohnte Zeremonie vollführt. Doch als wir uns dann freiwillig melden mußten, um Offiziere zu werden, wurde eine schnelle Prüfung anberaumt, eine leichte Prüfung und doch eine Prüfung, und mein völlig hilfloses Gesicht vor der amtlichen Strenge des Schulrates mochte den Lehrer außergewöhnlich milde gestimmt haben, denn er sagte mir so viel und so geschickt vor, daß ich glatt bestand. Nachher aber, als die Lehrer uns zum Abschied die Hände drückten, riet er mir, keinen Gebrauch von meinen mathematischen Kenntnissen zu machen und mich keinesfalls einer technischen Truppe anzuschließen. »Infanterie«, flüsterte er mir zu, »gehen Sie zur Infanterie, dorthin gehören alle – Besenbinder . . .«, und zum letzten Male knuffte er andeutungsweise mit einer versteckten Zärtlichkeit meinen ohnehin trainierten Schädel . . .

Kaum zwei Monate später hockte ich auf dem Flugplatz von Odessa in tiefem Schlamm über meinem Tornister und sah einem wirklichen Besenbinder zu, dem ersten, den ich je sah . . .

Es war früh Winter geworden, und der Himmel über der nahen Stadt hing grau und trostlos zwischen den Horizonten. Düstere hohe Gebäude waren zwischen Vorstadtgärten und schwarzen Zäunen sichtbar. Dort, wo das Schwarze Meer sein mußte, war der Himmel noch dunkler, von einem fast bläulichen Schwarz, und es schien fast, als komme die Dämmerung und der Abend von Osten. Irgendwo im Hintergrund wurden die rollenden Ungeheuer vollgetankt an düsteren Schuppen, rollten langsam wieder zurück und ließen sich in schauerlicher Gemütlichkeit vollladen mit Menschen, grauen, müden und verzweifelten Soldaten, in deren Augen kein anderes Gefühl mehr zu lesen war als das der Angst – denn lange schon war die Krim eingeschlossen . . .

Unser Zug mußte einer der letzten sein, alle schwiegen und fröstelten, trotz der langen Mäntel. Manche aßen verzweifelt, andere rauchten entgegen dem Verbot, indem sie ihre Pfeifen mit der Handfläche bedeckten und den Rauch langsam und dünn ausstießen . . .

Ich hatte Muße genug, den Besenbinder zu beobachten, der dort an einem Gartenzaun saß. Er trug eine jener abenteuerlichen Russenmützen, und in seinem bärtigen Gesicht war die kurze braune Stummelpfeife ebenso dick und lang wie die Nase. Aber Ruhe und Einfalt waren in den still arbeitenden Händen, die nach den Bündeln ginsterartigen

Gestrüpps griffen, sie schnitten, mit Drähten umbanden und dann die fertigen Büschel in den Löchern des Besenhalters befestigen . . .

Ich hatte mich umgewandt und lag fast bäuchlings auf meinem Tornister, und ich sah nur die riesige Silhouette dieses stillen armen Mannes, der ohne Hast und mit liebevollem Fleiß seine Besen band. Niemals in meinem Leben hab ich jemand so beneidet wie diesen Besenbinder, nicht den Primus, nicht die Mathematikleuchte Schimski, nicht den ersten Fußballspieler der Schulmannschaft, nicht einmal Hegenbach, dessen Bruder Ritterkreuzträger war; keinen von allen hatte ich je so beneidet wie diesen Besenbinder, der am Rande von Odessa saß und unbehelligt seine Pfeife rauchte.

Es war mein geheimer Wunsch, einen Blick des Mannes einzufangen, denn es dünkte mich, es müsse tröstlich sein, mitten hineinzublicken in dieses Gesicht, aber ich wurde plötzlich am Mantel hochgerissen, angeschnauzt und in die brummende Maschine gezwängt, und als wir gestartet waren und nun hochflogen über das erregende Gewirr von Gärten und Straßen und Kirchen, wäre es unmöglich gewesen, nach dem Besenbinder zu suchen.

Ich hatte mich erst auf meinen Tornister gehockt, war dann rückwärts gesunken und lauschte nun, betäubt von dem erdrückenden Schweigen der Schicksalsgenossen, den seltsam drohenden Geräuschen des fliegenden Schiffes, während mein Kopf an der metallenen Wand von den stetigen Erschütterungen zu zittern begann. In der Dunkelheit des engen Raumes war nur vorne, wo der Flugzeugführer saß, ein etwas helleres Dunkel, und dieser lichte Schein beleuchtete gespenstisch die schweigsamen und düsteren Gestalten, die links und rechts rundherum auf ihren Tornistern hockten.

Plötzlich aber raste ein seltsames Geräusch den Himmel entlang, so wirklich und bekannt, daß ich erschrak: es war, als fahre die Hand eines großen, riesengroßen Mathematiklehrers mit einem Felsenstück von Kreide weit ausholend über die unendliche Fläche des dunklen Himmels, und das Geräusch war dem bekannten, vor zwei Monaten noch gehörten ganz gleich. Es war dieses hüpfende Knattern wie von zorniger Kreide.

Bogen um Bogen zeichnete die wilde Riesenhand an den Himmel, aber nun war es nicht mehr nur Weiß und Dunkelgrau, sondern Rot auf Blau und Violett auf Schwarz, und die zuckenden Linien erloschen, ohne ihren Bogen zu vollenden, knatterten, kreischten auf und erstarben.

Mich quälte nicht das ängstliche und wilde Stöhnen der Schicksalsgenossen, nicht das hilflose Schreien des Leutnants, der Ruhe und Stillhalten gebot, auch nicht das qualvoll verzerrte Gesicht des Flugzeugführers. Mich quälten nur diese ewig unvollendeten Kreise, die aufflammten über dem Himmel, hastig und haßvoll wütend, und niemals, niemals zu ihrem Ausgangspunkt zurückkehrten, diese stümperisch gezogenen Kreisbogen, die niemals sich rundeten zur vollendeten Schönheit des Kreises. Sie quälten mich im Verein mit der knatternden, kreischenden, hüpfenden Wut der Riesenhand, von der ich fürchtete, beim Schopf genommen und blutig geknufft zu werden.

Und dann erschrak ich heftig: zum ersten Male offenbarte sich mir diese schleudernde Wut wirklich als Geräusch; nahe an meinem Schädel hörte ich ein seltsames Zischen wie von einer zornig niederfahrenden Hand, spürte einen feuchten heißen Schmerz, sprang auf mit einem Schrei und griff an den Himmel, wo eben wieder ein giftiggelbes rasendes Zucken aufflammte; ich hielt diese heftig ausschlagende gelbe Schlange fest, ließ sie mit der Rechten rundjagen ihren zornigen Kreis, spürend, daß es mir gelingen müsse, den Kreis zu vollenden, denn einzig dieses war die mir innewohnende Fähigkeit, zu der ich geboren war ... und ich hielt sie, führte sie, die wildausschlagende, rasende, zuckende knatternde Schlange, hielt sie fest mit heißem Atem und schmerzlich zuckendem Mund, während das feuchte Weh an meinem Schädel zu wachsen schien, und als ich Punkt zu Punkt geführt und den wunderbaren runden Bogen des Kreises mit Stolz betrachtete, füllte sich der Raum zwischen den Strichpunktlinien, und ein ungeheuer zischender Kurzschluß erfüllte den ganzen Kreis mit Licht und Feuer, bis der ganze Himmel brannte und die Welt von der jähen Wucht des stürzenden Flugzeuges entzweigeschnitten wurde. Ich sah nichts mehr außer Licht und Feuer, den verstümmelten Schwanz der Maschine, einen zerfressenen Schwanz wie ein schwarzer Stummelbesen, auf dem eine Hexe zu ihrem Sabbat reiten mochte . . .

Mein teures Bein

Sie haben mir jetzt eine Chance gegeben. Sie haben mir eine Karte geschrieben, ich soll zum Amt kommen, und ich bin zum Amt gegangen. Auf dem Amt waren sie sehr nett. Sie nahmen meine Karteikarte und sagten: »Hm.« Ich sagte auch: »Hm.«

»Welches Bein?« fragte der Beamte.

»Rechts.«

»Ganz?«

»Ganz.«

»Hm«, machte er wieder. Dann durchsuchte er verschiedene Zettel. Ich durfte mich setzen.

Endlich fand der Mann einen Zettel, der ihm der richtige zu sein schien. Er sagte: »Ich denke, hier ist etwas für Sie. Eine nette Sache. Sie können dabei sitzen. Schuhputzer in einer Bedürfnisanstalt auf dem Platz der Republik. Wie wäre das?«

»Ich kann nicht Schuhe putzen; ich bin immer schon aufgefallen wegen schlechten Schuhputzens.«

»Das können Sie lernen«, sagte er. »Man kann alles lernen. Ein Deutscher kann alles. Sie können, wenn Sie wollen, einen kostenlosen Kursus mitmachen.«

»Hm«, machte ich.

»Also gut?«

»Nein«, sagte ich, »ich will nicht. Ich will eine höhere Rente haben.«

»Sie sind verrückt«, erwiderte er sehr freundlich und milde.

»Ich bin nicht verrückt, kein Mensch kann mir mein Bein ersetzen, ich darf nicht einmal mehr Zigaretten verkaufen, sie machen jetzt schon Schwierigkeiten.«

Der Mann lehnte sich weit in seinen Stuhl zurück und schöpfte eine Menge Atem. »Mein lieber Freund«, legte er los, »Ihr Bein ist ein verflucht teures Bein. Ich sehe, daß Sie neunundzwanzig Jahre sind, von Herzen gesund, überhaupt vollkommen gesund, bis auf das Bein. Sie werden siebzig Jahre alt. Rechnen Sie sich bitte aus, monatlich siebzig Mark, zwölfmal im Jahr, also einundvierzig mal zwölf mal siebzig. Rechnen Sie das bitte aus, ohne die Zinsen, und denken Sie doch nicht, daß Ihr Bein das einzige Bein ist. Sie sind auch nicht der einzige, der wahrscheinlich lange leben wird. Und dann Rente erhöhen! Entschuldigen Sie, aber Sie sind verrückt.«

»Mein Herr«, sagte ich, lehnte mich nun gleichfalls zurück und schöpfte eine Menge Atem, »ich denke, daß Sie mein Bein stark unterschätzen. Mein Bein ist viel teurer, es ist ein sehr teures Bein. Ich bin nämlich nicht nur von Herzen, sondern leider auch im Kopf vollkommen gesund. Passen Sie mal auf.«

»Meine Zeit ist sehr kurz.«

»Passen Sie auf!« sagte ich. »Mein Bein hat nämlich einer Menge von Leuten das Leben gerettet, die heute eine nette Rente beziehen.

Die Sache war damals so: Ich lag ganz allein irgendwo vorne und sollte aufpassen, wann sie kämen, damit die anderen zur richtigen Zeit stiftengehen konnten. Die Stäbe hinten waren am Packen und wollten nicht zu früh, aber auch nicht zu spät stiftengehen. Erst waren wir zwei, aber den haben sie totgeschossen, der kostet nichts mehr. Er war zwar verheiratet, aber seine Frau ist gesund und kann arbeiten, Sie brauchen keine Angst zu haben. Der war also furchtbar billig. Er war erst vier Wochen Soldat und hat nichts gekostet als eine Postkarte und ein bißchen Kommißbrot. Das war einmal ein braver Soldat, der hat sich wenigstens richtig totschießen lassen. Nun lag ich aber da allein und hatte Angst, und es war kalt, und ich wollte auch stiftengehen, ja, ich wollte gerade stiftengehen, da . . .«

»Meine Zeit ist sehr kurz«, sagte der Mann und fing an, nach seinem Bleistift zu suchen.

»Nein, hören Sie zu«, sagte ich, »jetzt wird es erst interessant. Gerade als ich stiftengehen wollte, kam die Sache mit dem Bein. Und weil ich ja doch liegenbleiben mußte, dachte ich, jetzt kannst du's auch durchgeben, und ich hab's durchgegeben, und sie hauten alle ab, schön der Reihe nach, erst die Division, dann das Regiment, dann das Bataillon, und so weiter, immer hübsch der Reihe nach. Eine dumme Geschichte, sie vergaßen nämlich, mich mitzunehmen, verstehen Sie! Sie hatten's so eilig. Wirklich eine dumme Geschichte, denn hätte ich das Bein nicht verloren, wären sie alle tot, der General, der Oberst, der Major, immer schön der Reihe nach, und Sie brauchten ihnen keine Rente zu zahlen. Nun rechnen Sie mal aus, was mein Bein kostet. Der General ist zweiundfünfzig, der Oberst achtundvierzig und der Major fünfzig, alle kerngesund, von Herzen und im Kopf, und sie werden bei ihrer militärischen Lebensweise mindestens achtzig, wie Hindenburg. Bitte rechnen Sie jetzt aus: einhundertsechzig mal zwölf mal dreißig, sagen wir ruhig durchschnittlich dreißig, nicht wahr? Mein Bein ist ein wahnsinnig teures Bein geworden, eines der teuersten Beine, die ich mir denken kann, verstehen Sie?«

»Sie sind doch verrückt«, sagte der Mann.

»Nein«, erwiderte ich, »ich bin nicht verrückt. Leider bin ich von Herzen ebenso gesund wie im Kopf, und es ist schade, daß ich nicht auch zwei Minuten, bevor das mit dem Bein kam, totgeschossen wurde. Wir hätten viel Geld gespart.«

»Nehmen Sie die Stelle an?« fragte der Mann.

»Nein«, sagte ich ruhig und ging.

Lohengrins Tod

Die Treppe hinauf trugen sie die Bahre etwas langsamer. Die beiden Träger waren ärgerlich, sie hatten vor einer Stunde schon ihren Dienst angefangen und noch keine Zigarette Trinkgeld gemacht, und der eine von ihnen war der Fahrer des Wagens, und Fahrer brauchen eigentlich nicht zu tragen. Aber vom Krankenhaus hatten sie keinen zum Helfen heruntergeschickt, und sie konnten den Jungen doch nicht im Wagen liegen lassen; es war noch eine eilige Lungenentzündung abzuholen und ein Selbstmörder, der in den letzten Minuten abgeschnitten worden war. Sie waren ärgerlich, und plötzlich trugen sie die Bahre wieder weniger langsam. Der Flur war nur schwach beleuchtet, und es roch natürlich nach Krankenhaus.

»Warum sie ihn nur abgeschnitten haben?« murmelte der eine, und er meinte den Selbstmörder, es war der hintere Träger, und der vordere brummte zurück: »Hast recht, wozu eigentlich?« Da er sich dabei umgewandt hatte, stieß er hart gegen die Türfüllung, und der, der auf der Bahre lag, erwachte und stieß schrille, schreckliche Schreie aus; es waren die Schreie eines Kindes.

»Ruhig, ruhig«, sagte der Arzt, ein junger mit einem studentischen Kragen, blondem Haar und einem nervösen Gesicht. Er sah zur Uhr: es war acht Uhr, und er müßte eigentlich längst abgelöst sein. Schon über eine Stunde wartete er vergebens auf Dr. Lohmeyer, aber vielleicht hatten sie ihn verhaftet; jeder konnte heute jederzeit verhaftet werden. Der junge Arzt zückte automatisch sein Hörrohr, er hatte den Jungen auf der Bahre ununterbrochen angesehen, jetzt erst fiel sein Blick auf die Träger, die ungeduldig wartend an der Tür standen; er fragte ärgerlich: »Was ist los, was wollen Sie noch?«

»Die Bahre«, sagte der Fahrer, »kann man ihn nicht umbetten? Wir müssen schnell weg.«

»Ach, klar, hier!« Der Arzt deutete auf das Ledersofa. In

diesem Augenblick kam die Nachtschwester, sie sah gleichgültig, aber ernst aus. Sie packte den Jungen oben an den Schultern, und einer der Träger, nicht der Fahrer, packte ihn einfach an den Beinen.

Das Kind schrie wieder wie irrsinnig, und der Arzt sagte hastig: »Still, ruhig, ruhig, wird nicht so schlimm sein . . .«

Die Träger warteten immer noch. Dem gereizten Blick des Arztes antwortete wieder der eine. »Die Decke«, sagte er ruhig. Die Decke gehörte ihm gar nicht, eine Frau auf der Unfallstelle hatte sie hergegeben, weil man doch den Jungen mit diesen kaputten Beinen nicht so ins Krankenhaus fahren konnte. Aber der Träger meinte, das Krankenhaus würde sie behalten, und das Krankenhaus hatte genug Decken, und die Decke würde der Frau doch nicht wiedergegeben, und dem Jungen gehörte sie ebensowenig wie dem Krankenhaus, und das hatte genug. Seine Frau würde die Decke schon sauber kriegen, und für Decken gaben sie heute eine Menge.

Das Kind schrie immer noch! Sie hatten die Decke von den Beinen gewickelt und schnell dem Fahrer gegeben. Der Arzt und die Schwester blickten sich an. Das Kind sah gräßlich aus: Der ganze Unterkörper schwamm in Blut, die kurze Leinenhose war völlig zerfetzt, die Fetzen hatten sich mit dem Blut zu einer schauerlichen Masse vermengt. Die Füße waren bloß, und das Kind schrie beständig, schrie mit einer furchtbaren Ausdauer und Regelmäßigkeit.

»Schnell«, flüsterte der Arzt, »Schwester, Spritze, schnell, schnell!« Die Schwester hantierte sehr geschickt und flink, aber der Arzt flüsterte immer wieder: »Schnell, schnell!« Sein Mund klaffte haltlos in dem nervösen Gesicht. Das Kind schrie unablässig, aber die Schwester konnte einfach die Spritze nicht schneller fertigmachen.

Der Arzt fühlte den Puls des Jungen, sein bleiches Gesicht zuckte vor Erschöpfung. »Still«, flüsterte er einige Male wie irr, »sei doch still.« Aber das Kind schrie, als sei es nur geboren, um zu schreien. Dann kam die Schwester endlich mit der Spritze, und der Arzt machte sehr flink und geschickt die Injektion.

Als er die Nadel seufzend aus der zähen, fast ledernen Haut zog, öffnete sich die Tür, und eine Nonne trat schnell und erregt ins Zimmer, aber als sie den Verunglückten sah und den Arzt, schloß sie den Mund, den sie geöffnet hatte, und trat langsam und still näher. Sie nickte dem Arzt und der blassen Laienschwester freundlich zu und legte dem Jungen die Hand auf die Stirn. Das Kind schlug die Augen ganz senkrecht auf und blickte erstaunt auf die schwarze Gestalt zu seinen Häupten. Es schien fast, als beruhige es sich durch den Druck der kühlen Hand auf seiner Stirn, aber die Spritze wirkte jetzt schon. Der Arzt hielt sie noch in der Hand, und er seufzte noch einmal tief auf, denn es war jetzt still, wunderbar still, so still, daß alle ihren Atem hören konnten. Sie sagten kein Wort.

Das Kind spürte wohl keine Schmerzen mehr, ruhig und neugierig blickte es um sich.

»Wieviel?« fragte der Arzt die Nachtschwester leise.

»Zehn«, antwortete sie ebenso.

Der Arzt zuckte die Schultern. »Bißchen viel, mal sehen. Helfen Sie uns ein wenig, Schwester Lioba?«

»Gewiß«, sagte die Nonne hastig und schien aus tiefem Brüten aufzuschrecken. Es war sehr still. Die Nonne hielt den Jungen an Kopf und Schultern, die Nachtschwester an den Beinen, und sie zogen ihm die blutgetränkten Fetzen ab. Das Blut hatte sich, wie sie jetzt sahen, mit etwas Schwarzem gemischt, alles war schwarz, die Füße des Jungen waren voll Kohlenstaub, auch seine Hände, alles war nur Blut, Tuchfetzen und Kohlenstaub, dicker, fast öliger Kohlenstaub.

»Klar«, murmelte der Arzt, »beim Kohlenklauen vom fahrenden Zug gestürzt, was?«

»Ja«, sagte der Junge mit brüchiger Stimme, »klar.«

Seine Augen waren wach, und es war ein seltsames Glück darin. Die Spritze mußte herrlich gewirkt haben. Die

Nonne zog das Hemd ganz hoch und rollte es auf der Brust des Jungen zusammen, oben unter dem Kinn. Der Oberkörper war mager, lächerlich mager wie der einer älteren Gans. Oben am Schlüsselbein waren die Löcher seltsam dunkel beschattet, große Hohlräume, worin sie ihre ganze weiße, breite Hand hätte verbergen können. Nun sahen sie auch die Beine, das, was von den Beinen noch heil war. Sie waren ganz dünn und sahen fein aus und schlank. Der Arzt nickte den Frauen zu und sagte: »Wahrscheinlich doppelte Fraktur beiderseits, müssen röntgen.«

Die Nachtschwester wusch mit einem Alkohollappen die Beine sauber, und dann sah es schon nicht mehr so schlimm aus. Das Kind war nur so gräßlich mager. Der Arzt schüttelte den Kopf, während er den Verband anlegte. Er machte sich jetzt wieder Sorgen um Lohmeyer, vielleicht hatten sie ihn doch geschnappt, und selbst wenn er nichts ausplaudern würde, es war doch eine peinliche Sache, ihn sitzenzulassen wegen dem Strophanthin und selbst in Freiheit zu sein, während man im anderen Falle am Gewinn beteiligt gewesen wäre. Verdammt, es war sicher halb neun, und es war so unheimlich still jetzt, auf der Straße war nichts zu hören. Er hatte den Verband fertig, und die Nonne zog das Hemd wieder herunter bis über die Lenden. Dann ging sie zum Schrank, nahm eine weiße Decke heraus und legte sie über den Jungen.

Die Hände wieder auf der Stirn des Jungen, sagte sie zum Arzt, der sich die Hände wusch: »Ich kam eigentlich wegen der kleinen Schranz, Herr Doktor, ich wollte Sie nur nicht beunruhigen, während Sie den Jungen behandelten.«

Der Arzt hielt im Abtrocknen inne, sein Gesicht verzerrte sich ein wenig, und die Zigarette, die an der Unterlippe hing, zitterte.

»Was«, fragte er, »was ist denn mit der kleinen Schranz?«

Die Blässe in seinem Gesicht war jetzt fast gelblich.

»Ach, das Herzchen will nicht mehr, es will einfach nicht mehr, es scheint zu Ende zu gehen.«

Der Arzt nahm die Zigarette wieder in die Hand und hängte das Handtuch an den Nagel neben dem Waschbecken.

»Verdammt«, rief er hilflos, »was soll ich da tun, ich kann doch nichts tun!«

Die Nonne hielt die Hand noch immer auf der Stirn des Jungen. Die Nachtschwester versenkte die blutigen Lappen in dem Abfalleimer, dessen Nickeldeckel flirrende Lichter an die Wand malte.

Der Arzt blickte nachdenklich zu Boden, plötzlich hob er den Kopf, sah noch einmal auf den Jungen und stürzte zur Tür: »Ich seh mir's mal an.«

»Brauchen Sie mich nicht?« fragte die Nachtschwester hinter ihm her; er steckte den Kopf noch einmal herein:

»Nein, bleiben Sie hier, machen Sie den Jungen fertig zum Röntgen und versuchen Sie schon, die Krankengeschichte aufzunehmen.«

Das Kind war noch sehr still, und auch die Nachtschwester stand jetzt neben dem Ledersofa.

»Weiß deine Mutter Bescheid?« fragte die Nonne.

»Ist tot.«

Die Schwester wagte nicht, nach dem Vater zu fragen.

»Wen muß man benachrichtigen?«

»Meinen älteren Bruder, aber der ist jetzt nicht zu Hause. Doch die Kleinen müßten es wissen, die sind jetzt allein.«

»Welche Kleinen denn?«

»Hans und Adolf, die warten ja, bis ich das Essen machen komme.«

»Und wo arbeitet dein älterer Bruder denn?«

Der Junge schwieg, und die Nonne fragte nicht weiter.

»Wollen Sie schreiben?«

Die Nachtschwester nickte und ging an den kleinen weißen Tisch, der mit Medikamenten und Reagenzgläsern bedeckt war. Sie zog das Tintenfaß näher, tauchte die Feder ein und glättete den weißen Bogen mit der linken Hand.

»Wie heißt du?« fragte die Nonne den Jungen.

»Becker.«
»Welche Religion?«
»Nix. Ich bin nicht getauft.«
Die Nonne zuckte zusammen, das Gesicht der Nachtschwester blieb unbeteiligt.
»Wann bist du geboren?«
»33 . . . am zehnten September.«
»Noch in der Schule, ja?«
»Ja.«
»Und . . . den Vornamen!« flüsterte die Nachtschwester der Nonne zu.
»Ja . . . und der Vorname?«
»Grini.«
»Wie?« Die beiden Frauen blickten sich lächelnd an.
»Grini«, sagte der Junge langsam und ärgerlich wie alle Leute, die einen außergewöhnlichen Vornamen haben.
»Mit i?« fragte die Nachtschwester.
»Ja, mit zwei i«, und er wiederholte noch einmal: »Grini.«
Er hieß eigentlich Lohengrin, denn er war 1933 geboren, damals, als die ersten Bilder Hitlers auf den Bayreuther Festspielen durch alle Wochenschauen liefen. Aber die Mutter hatte ihn immer Grini genannt.
Der Arzt stürzte plötzlich herein, seine Augen waren verschwommen vor Erschöpfung, und die dünnen blonden Haare hingen in dem jungen und doch sehr zerfurchten Gesicht.
»Kommen Sie schnell, schnell, alle beide. Ich will noch eine Transfusion versuchen, schnell.«
Die Nonne warf einen Blick auf den Jungen.
»Ja, ja«, rief der Arzt, »lassen Sie ihn ruhig einen Augenblick allein.«
Die Nachtschwester stand schon an der Tür.
»Willst du schön ruhig liegenbleiben, Grini?« fragte die Nonne.
»Ja«, sagte das Kind.
Aber als sie alle raus waren, ließ er die Tränen einfach

laufen. Es war, als hätte die Hand der Nonne auf seiner Stirn sie zurückgehalten. Er weinte nicht aus Schmerz, er weinte vor Glück. Und doch auch aus Schmerz und Angst. Nur wenn er an die Kleinen dachte, weinte er aus Schmerz, und er versuchte, nicht an sie zu denken, denn er wollte aus Glück weinen. Er hatte sich noch nie im Leben so wunderbar gefühlt wie jetzt nach der Spritze. Es floß wie eine wunderbare, ein bißchen warme Milch durch ihn hin, machte ihn schwindelig und zugleich wach, und es schmeckte ihm köstlich auf der Zunge, so köstlich wie nie etwas im Leben, aber er mußte doch immer an die Kleinen denken. Hubert würde vor morgen früh nicht zurückkommen, und Vater kam ja erst in drei Wochen, und Mutter . . . und die Kleinen waren jetzt ganz allein, und er wußte genau, daß sie auf jeden Tritt, jeden geringsten Laut auf der Treppe lauerten, und es gab so unheimlich viele Laute auf der Treppe und so unheimlich viele Enttäuschungen für die Kleinen. Es bestand wenig Aussicht, daß Frau Großmann sich ihrer annehmen würde: sie hatte es nie getan, warum gerade heute, sie hatte es nie getan, sie konnte doch nicht wissen, daß er . . . daß er verunglückt war. Hans würde Adolf vielleicht trösten, aber Hans war selbst schwach und weinte beim geringsten Anlaß. Vielleicht würde Adolf Hans trösten, aber Adolf war erst fünf und Hans schon acht, es war eigentlich wahrscheinlicher, daß Hans Adolf trösten würde. Aber Hans war so furchtbar schwach, und Adolf war robuster. Wahrscheinlich würden sie alle beide weinen, denn wenn es auf sieben Uhr ging, hatten sie keine Freude mehr an ihren Spielen, weil sie Hunger hatten und wußten, daß er um halb acht kommen und ihnen zu essen geben würde. Und sie würden nicht wagen, an das Brot zu gehen; nein, das würden sie nie mehr wagen, er hatte es ihnen zu streng verboten, seitdem sie ein paarmal alles, alles, die ganze Wochenration aufgegessen hatten; an die Kartoffeln hätten sie ruhig gehen können, aber das wußten sie ja nicht. Hätte er ihnen doch gesagt,

daß sie an die Kartoffeln gehen durften. Hans konnte schon ganz gut Kartoffeln kochen; aber sie würden es nicht wagen, er hatte sie zu streng bestraft, ja, er hatte sie sogar schlagen müssen, denn es ging ja einfach nicht, daß sie das ganze Brot aufaßen; es ging einfach nicht, aber er wäre jetzt froh gewesen, wenn er sie nie bestraft hätte, dann würden sie jetzt an das Brot gehen und hätten wenigstens keinen Hunger. So saßen sie da und warteten, und bei jedem Geräusch auf der Treppe sprangen sie erregt auf und steckten ihre blassen Gesichter in den Türspalt, so wie er sie so oft, oft schon, vielleicht tausendmal gesehen hatte. Oh, immer sah er zuerst ihre Gesichter, und sie freuten sich. Ja, auch nachdem er sie geschlagen hatte, freuten sie sich, wenn er kam; sie sahen ja alles ein. – Und nun war jedes Geräusch eine Enttäuschung, und sie würden Angst haben. Hans zitterte schon, wenn er nur einen Polizisten sah; vielleicht würden sie so laut weinen, daß Frau Großmann schimpfen würde, denn sie hatte abends gern Ruhe, und dann würden sie vielleicht doch weiter weinen, und Frau Großmann würde nachsehen kommen, und dann erbarmte sie sich ihrer; sie war gar nicht so übel, Frau Großmann. Aber Hans würde nie von selbst zu Frau Großmann gehen, er hatte so furchtbare Angst vor ihr, Hans hatte vor allem Angst . . .
Wenn sie doch wenigstens an die Kartoffeln gingen!
Seitdem er wieder an die Kleinen dachte, weinte er nur noch aus Schmerz. Er versuchte die Hand vor die Augen zu halten, um die Kleinen nicht zu sehen, dann spürte er, daß die Hand naß wurde, und er weinte noch mehr. Er versuchte sich klarzuwerden, wie spät es war. Es war sicher neun, vielleicht zehn, und das war furchtbar. Er war sonst nie nach halb acht nach Hause gekommen, aber der Zug war heute scharf bewacht gewesen, und sie mußten schwer aufpassen, die Luxemburger schossen so gern. Vielleicht hatten sie im Kriege nicht viel schießen können, und sie schossen eben gern; aber ihn kriegten sie nicht, nie, sie hatten ihn noch nie gekriegt, er war ihnen immer durch-

geflutscht. Mein Gott, ausgerechnet Anthrazit, für Anthrazit zahlten sie glatt ihre siebzig bis achtzig Mark, und den sollte er durchgehen lassen! Aber die Luxemburger hatten ihn nicht gekriegt, er war mit den Russen fertig geworden, mit den Amis und den Tommys und den Belgiern, sollten ihn ausgerechnet die Luxemburger schnappen, diese lächerlichen Luxemburger? Er war ihnen durchgeflutscht, rauf auf die Kiste, den Sack gefüllt und runtergeschmissen, und dann nachgeschmissen, was man immer noch holen konnte. Aber dann, ratsch, hielt der Zug ganz plötzlich, und er wußte nur, daß er wahnsinnige Schmerzen gehabt hatte, bis er nichts mehr wußte, und dann wieder, als er hier in der Tür wach wurde und das weiße Zimmer sah. Und dann gaben sie ihm die Spritze. Er weinte jetzt wieder nur vor Glück. Die Kleinen waren nicht mehr da; das Glück war etwas Herrliches, er hatte es noch gar nicht gekannt; die Tränen schienen das Glück zu sein, das Glück floß aus ihm heraus, und doch wurde es nicht kleiner in seiner Brust, dieses flimmernde, süße, kreisende Stück, dieser seltsame Klumpen, der in Tränen aus ihm herausquoll, wurde nicht kleiner . . .

Plötzlich hörte er das Schießen der Luxemburger, sie hatten Maschinenpistolen, und es klang schauerlich in den frischen Frühlingsabend; es roch nach Feld, nach Eisenbahnqualm, Kohlen und ein bißchen auch nach richtigem Frühling. Zwei Geschosse bellten in den Himmel, der ganz dunkelgrau war, und ihr Echo kam tausendfältig auf ihn zurück, und es prickelte auf seiner Brust wie von Nadelstichen; diese verdammten Luxemburger sollten ihn nicht kriegen, sie sollten ihn nicht kaputtschießen! Die Kohlen, auf denen er jetzt flach ausgestreckt lag, waren hart und spitz, es war Anthrazit, und sie gaben achtzig, bis zu achtzig Mark für den Zentner. Ob er den Kleinen mal Schokolade kaufen sollte? Nein, es würde nicht reichen, für Schokolade nahmen sie vierzig, bis zu fünfundvierzig; so viel konnte er nicht abschleppen; mein Gott, einen Zentner für zwei Tafeln Schokolade; und die Luxemburger waren ganz verrückte Hunde, sie schossen schon wieder, und seine nackten Füße waren kalt und taten weh von dem spitzen Anthrazit, und sie waren schwarz und schmutzig, er fühlte es. Die Schüsse rissen große Löcher in den Himmel, aber den Himmel konnten sie doch nicht kaputtschießen, oder ob die Luxemburger den Himmel kaputtschießen konnten? . . .

Ob er der Schwester denn sagen mußte, wo sein Vater war und wo Hubert nachts hinging? Die hatten ihn nicht gefragt, und man sollte nicht antworten, wenn man nicht gefragt war. In der Schule hatten sie es gesagt . . . verdammt, die Luxemburger . . . und die Kleinen . . . die Luxemburger sollten aufhören zu schießen, er mußte zu den Kleinen . . . sie waren wohl verrückt, total übergeschnappt, diese Luxemburger. Verdammt, nein, er sagt es der Schwester einfach nicht, wo der Vater war und wo der Bruder nachts hinging, und vielleicht würden die Kleinen doch von dem Brot nehmen . . . oder von den Kartoffeln . . . oder vielleicht würde Frau Großmann doch merken, daß da etwas nicht stimmte, denn es stimmte etwas nicht; es war seltsam, eigentlich stimmte immer was nicht. Der Herr Rektor würde auch schimpfen. Die Spritze tat gut, er fühlte den Piek, und dann war plötzlich das Glück da! Diese blasse Schwester hatte das Glück in die Spritze getan, und er hatte ja ganz genau gehört, daß sie zuviel Glück in die Spritze getan hatte, viel zuviel Glück, er war gar nicht so dumm. Grini mit zwei i . . . nee, ist ja tot . . . nee, vermißt. Das Glück war herrlich, er wollte vielleicht den Kleinen mal das Glück in der Spritze kaufen; man konnte ja alles kaufen . . . Brot . . . ganze Berge von Brot . . .

Verdammt, mit zwei i, kennen sie denn hier die besten deutschen Namen nicht? . . .

»Nix«, schrie er plötzlich, »ich bin nicht getauft.«

Ob die Mutter nicht überhaupt noch lebte? Nee, die Luxemburger hatten sie erschossen, nee die Russen . . .

nee, wer weiß, vielleicht hatten die Nazis sie erschossen, sie hatte so furchtbar geschimpft . . . nee, die Amis . . . ach, die Kleinen sollten ruhig Brot essen, Brot essen . . . einen ganzen Berg Brot wollte er den Kleinen kaufen . . . Brot in Bergen . . . einen ganzen Güterwagen voll Brot . . . voll Anthrazit; und das Glück in der Spritze.

Mit zwei i, verdammt!

Die Nonne lief auf ihn zu, griff sofort nach dem Puls und blickte unruhig um sich. Mein Gott, ob sie den Arzt rufen sollte? Aber sie konnte das phantasierende Kind nun nicht mehr allein lassen. Die kleine Schranz war tot, hinüber, Gott sei Dank, dieses kleine Mädchen mit dem Russengesicht! Wo der Arzt nur blieb . . . sie rannte um das Ledersofa herum . . .

»Nix«, schrie das Kind, »ich bin nicht getauft.«

Der Puls drohte regelrecht überzuschnappen. Der Nonne stand Schweiß auf der Stirn. »Herr Doktor, Herr Doktor!« rief sie laut, aber sie wußte ganz genau, daß kein Laut durch die gepolsterte Tür drang . . .

Das Kind wimmerte jetzt erbärmlich.

»Brot . . . einen ganzen Berg Brot für die Kleinen . . . Schokolade . . . Anthrazit . . . die Luxemburger, diese Schweine, sie sollen nicht schießen, verdammt, die Kartoffeln, ihr könnt ruhig an die Kartoffeln gehen . . . geht doch an die Kartoffeln! Frau Großmann . . . Vater . . . Mutter . . . Hubert . . . durch den Türspalt, durch den Türspalt.«

Die Nonne weinte vor Angst, sie wagte nicht wegzugehen, das Kind begann jetzt zu wühlen, und sie hielt es an den Schultern fest. Das Ledersofa war so scheußlich glatt. Die kleine Schranz war tot, das kleine Herzchen war im Himmel. Gott sei ihr gnädig; ach gnädig . . . sie war ja unschuldig, ein kleines Engelchen, ein kleines häßliches Russenengelchen . . . aber nun war sie hübsch.

»Nix«, schrie der Junge und versuchte, mit den Armen um sich zu schlagen, »ich bin nicht getauft.«

Die Nonne blickte erschreckt auf. Sie lief zum Wasserbecken, hielt den Jungen ängstlich im Auge, fand kein Glas, lief zurück, streichelte die fiebrige Stirn. Dann ging sie an das kleine weiße Tischchen und ergriff ein Reagenzglas. Das Reagenzglas war schnell voll Wasser, mein Gott, wie wenig Wasser in so ein Reagenzglas geht . . .

»Glück«, flüsterte das Kind, »tun Sie viel Glück in die Spritze, alles, was Sie haben, auch für die Kleinen . . .«

Die Nonne bekreuzigte sich feierlich, sehr langsam, dann goß sie das Wasser aus dem Reagenzglas über die Stirn des Jungen und sprach unter Tränen: »Ich taufe dich . . .«, aber das Kind, von dem kalten Wasser plötzlich ernüchtert, hob den Kopf so plötzlich, daß das Glas aus der Hand der Schwester fiel und auf dem Boden zerbrach. Der Junge blickte die erschreckte Schwester mit einem kleinen Lächeln an und sagte matt: »Taufen . . . ja . . .«, dann sank er so heftig zurück, daß sein Kopf mit einem dumpfen Schlag auf das Ledersofa fiel, und sein Gesicht sah nun schmal aus und alt, erschreckend gelb, wie er so regungslos dalag, die Hände zum Greifen gespreizt . . .

»Ist er geröntgt?« rief der Arzt, der lachend mit Dr. Lohmeyer ins Zimmer trat. Die Schwester schüttelte nur den Kopf. Der Arzt trat näher, griff automatisch nach seinem Hörrohr, ließ es aber wieder los und blickte Lohmeyer an. Lohmeyer nahm den Hut ab. Lohengrin war tot . . .

Geschäft ist Geschäft

Mein Schwarzhändler ist jetzt ehrlich geworden; ich hatte ihn lange nicht gesehen, schon seit Monaten nicht, und nun entdeckte ich ihn heute in einem ganz anderen Stadtteil, an einer verkehrsreichen Straßenkreuzung. Er hat dort eine Holzbude, wunderbar weißlackiert mit sehr solider Farbe; ein prachtvolles, stabiles, nagelneues Zinkdach schützt ihn vor Regen und Kälte, und er verkauft Zigaretten, Dauerlutscher, alles jetzt legal. Zuerst habe ich mich gefreut; man freut sich doch, wenn jemand in die Ordnung des Lebens zurückgefunden hat. Denn damals, als ich ihn kennenlernte, ging es ihm schlecht, und wir waren traurig. Wir hatten unsere alten Soldatenkappen über der Stirn, und wenn ich gerade Geld hatte, ging ich zu ihm, und wir sprachen manchmal miteinander, vom Hunger, vom Krieg; und er schenkte mir manchmal eine Zigarette, wenn ich kein Geld hatte; ich brachte ihm dann schon einmal Brotmarken mit, denn ich kloppte gerade Steine für einen Bäcker, damals.

Jetzt schien es ihm gutzugehen. Er sah blendend aus. Seine Backen hatten jene Festigkeit, die nur von regelmäßiger Fettzufuhr herrühren kann, seine Miene war selbstbewußt, und ich beobachtete, daß er ein kleines, schmutziges Mädchen mit heftigen Schimpfworten bedachte und wegschickte, weil ihm fünf Pfennig zu einem Dauerlutscher fehlten. Dabei fletschte er dauernd mit der Zunge im Mund herum, als hätte er stundenlang Fleischfasern aus den Zähnen zu zerren. Er hatte viel zu tun; sie kauften viele Zigaretten bei ihm, auch Dauerlutscher. Vielleicht hätte ich es nicht tun sollen – ich ging zu ihm, sagte »Ernst« zu ihm und wollte mit ihm sprechen. Damals hatten wir uns alle geduzt, und die Schwarzhändler sagten auch du zu einem. Er war sehr erstaunt, sah mich merkwürdig an und sagte: »Wie meinen Sie?« Ich sah, daß er mich erkannte, daß ihm selber aber wenig daran lag, erkannt zu werden.

Ich schwieg. Ich tat so, als hätte ich nie Ernst zu ihm

gesagt, kaufte ein paar Zigaretten, denn ich hatte gerade etwas Geld, und ging. Ich beobachtete ihn noch eine Zeitlang; meine Bahn kam nicht, und ich hatte auch gar keine Lust, nach Hause zu gehen. Zu Hause kommen immer Leute, die Geld haben wollen; meine Wirtin für die Miete und der Mann, der das Geld für den Strom kassiert. Außerdem darf ich zu Hause nicht rauchen; meine Wirtin riecht alles, sie ist dann sehr böse, und ich bekomme zu hören, daß ich wohl Geld für Tabak, aber keins für Miete habe. Denn es ist eine Sünde, wenn die Armen rauchen oder Schnaps trinken. Ich weiß, daß es Sünde ist, deshalb tue ich es heimlich, ich rauche draußen, und nur manchmal, wenn ich wach liege und alles still ist, wenn ich weiß, daß bis morgens der Rauch nicht mehr zu riechen ist, dann rauche ich auch zu Hause.

Das Furchtbare ist, daß ich keinen Beruf habe. Man muß ja jetzt einen Beruf haben. Sie sagen es. Damals sagten sie alle, es wäre nicht nötig, wir brauchten nur Soldaten. Jetzt sagen sie, daß man einen Beruf haben muß. Ganz plötzlich. Sie sagen, man ist faul, wenn man keinen Beruf hat. Aber es stimmt nicht. Ich bin nicht faul, aber die Arbeiten, die sie von mir verlangen, will ich nicht tun. Schutt räumen und Steine tragen und so. Nach zwei Stunden bin ich schweißüberströmt, es schwindelt mir vor den Augen, und wenn ich dann zu den Ärzten komme, sagen sie, es ist nichts. Vielleicht sind es die Nerven. Sie reden jetzt viel von den Nerven. Aber ich glaub, es ist Sünde, wenn die Armen Nerven haben. Arm sein und Nerven haben, ich glaube, das ist mehr, als sie vertragen. Meine Nerven sind aber bestimmt hin; ich war zu lange Soldat. Neun Jahre, glaube ich. Vielleicht mehr, ich weiß nicht genau. Damals hätte ich gern einen Beruf gehabt, ich hatte große Lust, Kaufmann zu werden. Aber damals – wozu davon reden; jetzt habe ich nicht einmal mehr Lust, Kaufmann zu werden. Am liebsten liege ich auf dem Bett und träume. Ich rechne mir dann aus, wieviel hunderttausend Arbeitstage sie an so einer Brücke bauen oder an einem großen Haus, und ich denke daran, daß sie in einer einzigen Minute Brücke und Haus kaputtschmeißen können. Wozu da noch arbeiten? Ich finde es sinnlos, da noch zu arbeiten. Ich glaube, das ist es, was mich verrückt macht, wenn ich Steine tragen muß oder Schutt räumen, damit sie wieder ein Café bauen können. Ich sagte eben, es wären die Nerven, aber ich glaube, das ist es: daß es sinnlos ist.

Im Grunde genommen ist mir egal, was sie denken. Aber es ist schrecklich, nie Geld zu haben. Man muß einfach Geld haben. Man kommt nicht daran vorbei. Da ist ein Zähler, und man hat eine Lampe, manchmal braucht man natürlich Licht, knipst an, und schon fließt das Geld oben aus der Birne heraus. Auch wenn man kein Licht braucht, muß man bezahlen, Zählermiete. Überhaupt: Miete. Man muß anscheinend ein Zimmer haben. Zuerst habe ich in einem Keller gewohnt, da war es nicht übel, ich hatte einen Ofen und klaute mir Briketts; aber da haben sie mich aufgestöbert, sie kamen von der Zeitung, haben mich geknipst, einen Artikel geschrieben mit einem Bild: Elend eines Heimkehrers. Ich mußte einfach umziehen. Der Mann vom Wohnungsamt sagte, es wäre eine Prestigefrage für ihn, und ich mußte das Zimmer nehmen. Manchmal verdiene ich natürlich auch Geld. Das ist klar. Ich mache Besorgungen, trage Briketts und stapele sie fein säuberlich in eine Kellerecke. Ich kann wunderbar Briketts stapeln, ich mache es auch billig. Natürlich verdiene ich nicht viel, es langt nie für die Miete, manchmal für den Strom, ein paar Zigaretten und Brot ...

Als ich jetzt an der Ecke stand, dachte ich an alles.

Mein Schwarzhändler, der jetzt ehrlich geworden war, sah mich manchmal mißtrauisch an. Dieses Schwein kennt mich ganz genau, man kennt sich doch, wenn man zwei Jahre fast täglich miteinander gesprochen hat. Vielleicht glaubt er, ich wollte bei ihm klauen. So dumm bin ich nicht, da zu klauen, wo es von Menschen wimmelt und wo jede Minute eine Straßenbahn ankommt, wo sogar ein Schupo an der Ecke steht. Ich klaue an ganz anderen Stellen: natürlich klaue ich manchmal Kohlen und so. Auch Holz. Neulich habe ich sogar ein Brot in einer Bäckerei geklaut. Es ging unheimlich schnell und einfach. Ich nahm einfach das Brot und ging hinaus, ich bin ruhig gegangen, erst an der nächsten Ecke habe ich angefangen zu laufen. Man hat eben keine Nerven mehr.

Ich klaue doch nicht an einer solchen Ecke, obwohl das manchmal einfach ist, aber meine Nerven sind dahin. Es kamen viele Bahnen, auch meine, und ich habe ganz genau gesehen, wie Ernst mir zuschielte, als meine kam. Dieses Schwein weiß noch ganz genau, welche Bahn meine ist!

Aber ich warf die Kippe von der ersten Zigarette weg, machte eine zweite an und blieb stehen. So weit bin ich also schon, daß ich die Kippen wegschmeiße. Doch es schlich da jemand herum, der die Kippen aufhob, und man muß auch an die Kameraden denken. Es gibt noch welche, die Kippen aufheben. Es sind nicht immer dieselben. In der Gefangenschaft sah ich Obersten, die Kippen aufhoben, der da aber war kein Oberst. Ich habe ihn beobachtet. Er hatte sein System, wie eine Spinne, die im Netz hockt, hatte er irgendwo in einem Trümmerhaufen sein Standquartier, und wenn gerade eine Bahn angekommen oder abgefahren war, kam er heraus und ging seelenruhig am Bordstein vorbei und sammelte die Kippen ein. Am liebsten wäre ich zu ihm gegangen und hätte mit ihm gesprochen, ich fühle, daß ich zu ihm gehöre: aber ich weiß, das ist sinnlos, diese Burschen sagen nichts.

Ich weiß nicht, was mit mir los war, aber ich hatte an diesem Tage gar keine Lust, nach Hause zu fahren. Schon das Wort: zu Hause. Es war mir jetzt alles egal, ich ließ noch eine Bahn fahren und machte noch eine Zigarette an. Ich weiß nicht, was uns fehlt. Vielleicht entdeckt es eines Tages ein Professor und schreibt es in die Zeitung: sie haben für alles eine Erklärung. Ich wünsche nur, ich hätte noch die Nerven zum Klauen wie im Krieg. Damals ging es schnell und glatt. Damals, im Krieg, wenn es etwas zu klauen gab, mußten wir immer klauen gehen; da hieß es: der macht das schon, und wir sind klauen gegangen. Die anderen haben nur mitgefressen, mitgesoffen, haben es nach Hause geschickt und alles, aber sie hatten nicht geklaut. Ihre Nerven waren tadellos, und die weiße Weste war tadellos.

Und als wir nach Hause kamen, sind sie aus dem Krieg ausgestiegen wie aus einer Straßenbahn, die gerade dort etwas langsamer fuhr, wo sie wohnten, sie sind abgesprungen, ohne den Fahrpreis zu bezahlen. Sie haben eine kleine Kurve genommen, sind eingetreten, und siehe da: das Vertiko stand noch, es war nur ein bißchen Staub in der Bibliothek, die Frau hatte Kartoffeln im Keller, auch Eingemachtes; man umarmte sie ein bißchen, wie es sich gehörte, und am nächsten Morgen ging man fragen, ob die Stelle noch frei war; die Stelle war noch frei. Es war alles tadellos, die Krankenkasse lief weiter, man ließ sich ein bißchen entnazifizieren – so wie man zum Friseur geht, um den lästigen Bart abnehmen zu lassen –, man erzählte von Orden, Verwundungen, Heldentaten und fand, daß man schließlich doch ein Prachtbengel sei: man hatte letzten Endes nichts als seine Pflicht getan. Es gab sogar wieder Wochenkarten bei der Straßenbahn, das beste Zeichen, daß wirklich alles in Ordnung war.

Wir aber fuhren inzwischen weiter mit der Straßenbahn und warteten, ob irgendwo eine Station käme, die uns bekannt genug vorgekommen wäre, daß wir auszusteigen riskiert hätten: die Haltestelle kam nicht. Manche fuhren noch ein Stück mit, aber sie sprangen auch bald irgendwo ab und taten jedenfalls so, als wenn sie am Ziel wären.

Wir aber fuhren weiter und weiter, der Fahrpreis erhöhte sich automatisch, und wir hatten außerdem für großes und schweres Gepäck den Preis zu entrichten: für die bleierne Masse des Nichts, die wir mitzuschleppen hatten; und es kamen eine Menge Kontrolleure, denen wir achselzuckend unsere leeren Taschen zeigten. Runterschmeißen konnten sie uns ja nicht, die Bahn fuhr zu schnell – »und wir sind ja Menschen« –, aber wir wurden aufgeschrieben, aufgeschrieben, immer wieder wurden wir notiert, die Bahn fuhr immer schneller; die raffiniert waren, sprangen schnell noch ab, irgendwo, immer weniger wurden wir, und immer weniger hatten wir Mut und Lust auszusteigen. Insgeheim hatten wir uns vorgenommen, das Gepäck in der Straßenbahn stehenzulassen, es dem Fundbüro zur Versteigerung zu überlassen, sobald wir an der Endstation angekommen wären; aber die Endstation kam nicht, der Fahrpreis wurde immer teurer, das Tempo immer schneller, die Kontrolleure immer mißtrauischer, wir sind eine äußerst verdächtige Sippschaft.

Ich warf auch die Kippe von der dritten Zigarette weg und ging langsam auf die Haltestelle zu; ich wollte jetzt nach Hause fahren. Mir wurde schwindelig: man sollte nicht auf den nüchternen Magen so viel rauchen, ich weiß. Ich blickte nicht mehr dorthin, wo mein ehemaliger Schwarzhändler jetzt einen legalen Handel betreibt; gewiß habe ich kein Recht, böse zu sein; er hat es geschafft, er ist abgesprungen, sicher im richtigen Augenblick, aber ich weiß nicht, ob es dazu gehört, die Kinder anzuschnauzen, denen fünf Pfennig zu einem Dauerlutscher fehlen. Vielleicht gehört das zum legalen Handel: ich weiß nicht. Kurz bevor meine Straßenbahn kam, ging auch der Kumpel wieder seelenruhig vorne am Bordstein vorbei und schritt die Front der Wartenden ab, um die Kippen aufzusammeln. Sie sehen das nicht gern, ich weiß. Es wäre ihnen lieber, es gäbe das nicht, aber es gibt es . . . Erst als ich einstieg, habe ich noch einmal Ernst gesehen, aber er hat weggeguckt und laut geschrien: Schokolade, Bonbons, Zigaretten, alles frei! Ich weiß nicht, was los ist, aber ich muß sagen, daß er mir früher besser gefallen hat, wo er nicht jemand wegzuschicken brauchte, dem fünf Pfennig fehlten; aber jetzt hat er ja ein richtiges Geschäft, und Geschäft ist Geschäft.

An der Angel

Ich weiß, daß alles töricht ist. Ich sollte gar nicht mehr dorthin gehen; es ist so sinnlos, und doch lebe ich davon, dorthin zu gehen. Es ist eine einzige Minute Hoffnung und dreiundzwanzig Stunden und neunundfünfzig Minuten Verzweiflung. Davon lebe ich. Das ist nicht viel, das ist fast gar keine Substanz. Ich sollte nicht mehr dorthin gehen. Ich gehe kaputt dabei, das ist es: es macht mich kaputt. Aber ich muß, ich muß, ich muß dorthin gehen ...

Es ist immer derselbe Zug, mit dem sie kommen soll. Dreizehnuhrzwanzig. Der Zug läuft immer planmäßig ein, ich beobachte alles ganz genau, sie können mir nichts vormachen.

Der Mann mit dem Winklöffel weiß schon Bescheid, wenn ich komme; wenn er aus seinem Häuschen tritt – vorher habe ich schon das Klingeln in seinem Häuschen gehört –, wenn er also hinaustritt, gehe ich auf ihn zu – er kennt mich schon: er macht ein mitleidiges Gesicht, mitleidig und etwas beunruhigt; ja, der Mann mit dem Winklöffel ist beunruhigt; vielleicht glaubt er, ich würde eines Tages über ihn herfallen; vielleicht falle ich auch eines Tages über ihn her, ich schlage ihn dann einfach tot und schmeiß ihn zwischen die Schienen, daß er von dem Dreizehnuhrzwanziger überfahren wird. Denn der Mann mit dem Winklöffel – ich traue ihm nicht. Ich weiß nicht, ob sein Mitleid gespielt ist; vielleicht ist sein Mitleid gespielt. Seine Beunruhigung ist echt, er hat auch Grund zur Beunruhigung: eines Tages werde ich ihn mit seinem eigenen Winklöffel kaltmachen. Ich traue ihm nicht. Vielleicht liegt er mit ihnen unter einer Decke. Er hat ja Telefon in seinem Häuschen – er braucht ja nur zu kurbeln und anzurufen – diese Bahnfritzen haben in einer Sekunde Anschluß; vielleicht nimmt er den Hörer ab, ruft die vorletzte Station an und sagt ihnen: »Nehmt sie raus, verhaftet sie; laßt sie nicht mitfahren ... wie? ... ja, die Frau mit dem braunen Haar und

dem kleinen grünen Hütchen; ja, die; haltet sie fest – er lacht dann –, ja, der Verrückte ist wieder hier, er soll wieder umsonst warten. Haltet sie fest, ja.«
Er hängt dann ein und lacht; dann kommt er raus, setzt ein mitleidiges Gesicht auf, wenn er mich heranschleichen sieht, und sagt, wie immer, noch ehe ich ihn gefragt habe: »Keine Verspätung gemeldet, mein Herr, nein, auch heute keine Verspätung gemeldet.«
Die Ungewißheit, ob ich ihm trauen kann, macht mich verrückt. Vielleicht grinst er, sobald er mir den Rücken dreht. Er dreht mir nämlich immer den Rücken und tut so, als ob er etwas zu tun hätte, auf dem Bahnsteig und so; er geht hin und her, scheucht die Leute von der Bahnsteigkante weg, macht sich allerlei Arbeit, die er gar nicht zu tun braucht, denn die Leute treten schon von der Bahnsteigkante weg, wenn sie ihn kommen sehen. Er tut nur so; er tut, als ob er beschäftigt wäre, und vielleicht grinst er, sobald er mir den Rücken dreht. Einmal hab ich ihn auf die Probe stellen wollen, ich bin ganz schnell rumgesprungen und habe ihm ins Gesicht gesehen. Aber da war nichts, was meinen Verdacht bestärkt hat: nur Angst . . .
Trotzdem traue ich ihm nicht; diese Burschen haben sich mehr in der Gewalt als unsereiner; die bringen alles fertig; diese Clique hat Kraft und Sicherheit, während wir – wir Wartenden, wir haben nichts; wir leben auf des Messers Schneide, wir balancieren uns von einer Minute der Hoffnung zur anderen Minute der Hoffnung; dreiundzwanzig Stunden und neunundfünfzig Minuten lang balancieren wir auf des Messers Schneide, eine einzige Minute dürfen wir ausruhen. Sie haben uns fest an der Kandare, diese Brüder, diese Winklöffelfritzen, diese Schweine, sie telefonieren untereinander, ein kleines Gespräch, und unser Leben ist wieder einmal hin, wieder einmal weg für dreiundzwanzig Stunden und neunundfünfzig Minuten. Das sind die Menschen, denen das Leben gehört, diese Burschen . . .
Sein Mitleid ist gespielt; ich bin jetzt ganz sicher; wenn ich

es recht überlege, muß ich mir sagen, daß er mich betrügt; sie betrügen alle. Sie halten sie fest; ich weiß, daß sie kommen wollte. Sie hat mir's geschrieben: »Ich liebe Dich, und ich komme mit dem Zug Dreizehnuhrzwanzig.« Dreizehnuhrzwanzig dort, hat sie geschrieben, vor drei Monaten schon, vor drei Monaten und vier Tagen genau. Sie wird festgehalten, sie wollen es nicht, sie gönnen sie mir nicht, sie gönnen mir nicht, daß ich einmal mehr als eine Minute Hoffnung habe oder gar Freude. Sie verhindern unser Rendezvous; da sitzen sie irgendwo und lachen, diese Clique; sie lachen und telefonieren, und dieser Winklöffelfritze wird gut dafür bezahlt, daß er jeden Tag mit seiner heuchlerischen Fratze zu mir sagt: »Auch heute keine Verspätung gemeldet, mein Herr.« Schon, daß er »Mein Herr« sagt, ist eine Gemeinheit. Ich bin gar kein Herr, ich bin ein abgerissenes armes Schwein, das von einer einzigen Minute Hoffnung am Tage lebt. Sonst nichts. Ich bin kein Herr, ich scheiß was auf sein »Mein Herr«. Sie sollen mich alle kreuzweise, aber sie sollen sie loslassen, sie sollen sie fahren lassen; sie müssen sie mir geben, sie ist mein, sie hat mir doch telegrafiert: »Ich liebe Dich, ankomme dreizehnuhrzwanzig dort.« Dort, das ist doch meine Heimat. Die Telegramme sind so. Man schreibt dort, und man meint die Stadt, in der der andere wohnt. »Ankomme dreizehnuhrzwanzig dort . . .«

Heute werde ich ihn kaltmachen. Meine Wut kennt keine Grenzen mehr. Meine Geduld ist erschöpft, auch meine Kraft. Ich kann nicht mehr. Wenn ich ihn heute sehe, ist er verloren. Es geht zu lange so. Ich habe auch kein Geld mehr. Kein Geld mehr für die Straßenbahn. Ich habe schon alles verscheuert. Drei Monate und vier Tage habe ich von der Substanz gelebt. Alles verscheuert, auch die Tischdecke; heute muß ich feststellen, daß nichts mehr da ist. Es langt gerade noch, um einmal mit der Straßenbahn zu fahren. Nicht einmal mehr zurück, zurück muß ich zu Fuß gehen . . . oder . . . oder . . .

Jedenfalls wird dieser Winklöffelfritze blutig zwischen den Schienen liegen, und der Dreizehnuhrzwanziger wird über ihn fahren, er wird zu nichts werden, so wie ich heute mittag um dreizehnuhrzwanzig nichts mehr sein werde ... oder ... Gott!

Es ist zu bitter, wenn man nicht einmal das Fahrgeld für zurück hat; sie machen es einem zu schwer. Diese Clique hält zusammen, sie verwalten die Hoffnung, sie verwalten das Paradies, den Trost. Sie haben alles in den Klauen. Wir dürfen nur dran nippen, nur eine Minute am Tage. Dreiundzwanzig Stunden und neunundfünfzig Minuten müssen wir schmachten, müssen wir lauern; nicht einmal die künstlichen Paradiese rücken sie heraus. Dabei brauchen sie sie doch gar nicht; ich frage mich, warum sie alles festhalten. Ob es ihnen nur ums Geld ist? Warum geben sie einem nichts zu saufen, nichts zu rauchen, warum machen sie den Trost so furchtbar teuer? Sie halten uns an der Angel, immer wieder beißen wir an, immer wieder lassen wir uns hochziehen bis an die Oberfläche, immer wieder atmen wir eine Minute das Licht, die Schönheit, die Freude, und immer wieder lacht so ein Schwein, läßt die Schnur locker, und wir sitzen im Dunkeln ...

Sie machen es uns zu schwer; heute werde ich mich rächen; ich werde diesen Winklöffelfritzen, diesen Vorposten der Sicherheit werde ich zwischen die Schienen schmeißen; vielleicht bekommen sie doch einen Schrecken an ihrem Telefon da hinten; ach, wenn man sie nur einmal erschrekken könnte! Aber man kommt nicht gegen sie an, das ist es; sie halten alles fest, Brot, Wein und Tabak, alles haben sie, und sie haben auch sie: »Ankomme dreizehnuhrzwanzig dort.« Ohne Datum. Das ist es: sie schreibt nie ein Datum.

Sie gönnen mir nicht, daß ich sie vielleicht geküßt hätte; nein, nein, nein, wir sollen verrecken, wir sollen ersticken, wir sollen ganz verzweifeln, keinen Trost haben, wir sollen alles verscheuern, und wenn wir nichts mehr haben, sollen wir ...

Denn das ist das Furchtbare: die Minute schrumpft. Ich habe es vorige Tage gemerkt: die Minute schrumpft. Vielleicht sind es nur noch dreißig Sekunden, vielleicht viel weniger, ich wage gar nicht, mir richtig klarzuwerden, wieviel es überhaupt noch ist. Gestern jedenfalls merkte ich, daß es weniger war. Immer wenn der Zug in der Biegung sichtbar wurde, schwarz und schnaubend vor dem großen Horizont der Stadt, immer dann spürte ich, daß ich glücklich war. Sie kommt, dachte ich, es ist ihr gelungen, sich durchzuschlagen, sie kommt! Die ganze Zeit dachte ich das, bis der Zug stand, die Leute langsam herauskamen – sich der Bahnsteig allmählich leerte ... und ... nichts ...
Nein, dann dachte ich es schon nicht mehr. Ich muß vor allen Dingen versuchen, ehrlich zu mir selbst zu sein. Wenn die ersten Leute ausstiegen und sie war nicht dabei, dachte ich es schon nicht mehr, dann war es aus. Dieses Glück, es war nicht so, daß es früher aufhörte, es fing später an. So war es. Man muß ehrlich und nüchtern sein. Es fing später an, so war es. Sonst fing es an, wenn der Zug sichtbar wurde, schwarz und schnaubend vor dem grauen Horizont der Stadt; gestern fing es erst an, als er stand. Als er ganz ohne Bewegung war, richtig stand, fing ich erst an zu hoffen; und als er stand, gingen auch schon die Türen auf ... und sie kam nicht ...
Ich frage mich, ob das überhaupt noch dreißig Sekunden waren. Ich wage nicht ganz ehrlich zu sein und zu sagen: es ist nur eine Sekunde ... und ... und dreiundzwanzig Stunden neunundfünfzig Minuten und neunundfünfzig Sekunden schwarze Finsternis ...
Ich wage es nicht; ich wage kaum noch hinzugehen; es wäre furchtbar, wenn nicht wenigstens diese Sekunde noch bliebe. Ob sie mir auch das noch nehmen?
Es ist zu wenig. Es gibt eine Grenze. Eine gewisse Substanz braucht auch die letzte Kreatur, auch die letzte Kreatur braucht mindestens eine Sekunde am Tage. Sie dürfen mir diese eine Sekunde nicht nehmen, sie machen es zu kurz.

Ihre Hartherzigkeit nimmt furchtbare Formen an. Nicht einmal mehr Geld, um zurückzufahren, habe ich, Nicht einmal mehr für die einfache Fahrt geradeaus zurück; dabei müßte ich eigentlich umsteigen. Es scheitert schon an einem Groschen. Ihre Härte ist grausam. Sie kaufen nicht einmal mehr. Sie wollen nicht einmal mehr Ware. Bisher schrien sie immer nach Ware. Aber ihre Habgier ist so gräßlich geworden, daß sie jetzt auf dem Geld sitzen und es fressen. Ich glaube, sie fressen Geld. Ich frage mich, wozu. Was wollen sie eigentlich? Sie haben Brot, Wein, Tabak, haben Geld, alles, sie haben ihre dicken Weiber – was wollen sie denn noch? Warum rücken sie nichts mehr heraus? Kein Geld, kein Gramm Brot, keinen Tabak, keinen Schluck Schnaps ... nichts ... nichts. Sie treiben mich zum Äußersten.

Ich werde den Kampf aufnehmen müssen, ich werde ihren Vorposten kaltmachen, dieses Winklöffelschwein mit der mitleidigen Fratze, der mich bescheißt, denn er telefoniert mit ihnen! Er liegt unter einer Decke mit ihnen, das weiß ich jetzt ganz sicher! Gestern habe ich ihn nämlich belauscht! Dieses Schwein verrät mich, ich weiß es jetzt ganz sicher. Ich bin viel früher gegangen gestern, viel früher, er konnte noch nicht wissen, daß ich da war, ich habe mich unters Fenster geduckt und habe gewartet, und natürlich! – er hat gekurbelt, es hat geklingelt, und ich hörte seine Stimme! »Herr Amtmann«, hat er gesagt, »Herr Amtmann, es muß etwas getan werden. Es geht nicht so weiter mit diesem Burschen. Es geht schließlich um die Sicherheit eines Beamten! Herr Amtmann«, seine Stimme flehte, eine solche Angst hat dieses Schwein. »Ja, Bahnsteig 4b Schluß.«

Gut, ich habe ihn also überführt. Jetzt werden sie das Letzte wagen. Jetzt geht es auf mich los. Jetzt entbrennt der Kampf. Wenigstens eine klare Lage. Ich freue mich. Ich werde kämpfen wie ein Löwe. Ich werde diese ganze Clique über den Haufen rennen, zusammentreiben und vor den Dreizehnuhrzwanziger schmeißen ...

Nichts mehr gönnen sie mir. Sie treiben mich zur Verzweiflung, meine letzte Sekunde wollen sie mir nehmen. Und sie kaufen auch nichts mehr. Nicht einmal mehr Uhren, bisher waren sie immer scharf auf Uhren. Für meine Bücher habe ich insgesamt drei Pfund Tee bekommen, es waren immerhin zweihundert ganz nette Bücher. Ich nehme an, daß sie ganz nett waren. Früher habe ich mich sehr für Literatur interessiert. Aber für zweihundert Bücher drei Pfund Tee, das war gemein; die Bettwäsche brachte kaum etwas Brot, der Schmuck meiner Mutter langte für einen Monat zu leben, und man braucht so wahnsinnig viel, wenn man auf des Messers Schneide lebt. Drei Monate und vier Tage sind eine lange Zeit, man braucht zu viel.
Schließlich bleibt Vaters Uhr. Die Uhr hat ihren Wert. Kein Mensch kann der Uhr ihren Wert absprechen; vielleicht langt sie für die Rückfahrt; vielleicht hat der Schaffner ein gutes Herz und läßt mich für die Uhr zurückfahren, vielleicht, vielleicht werde ich zwei Rückfahrscheine brauchen; Gott!
Es ist halb eins, und ich muß mich fertigmachen; das ist nicht viel Arbeit, eigentlich überhaupt keine Arbeit; ich brauche nur aufzustehen von meinem Bett, das ist das ganze Fertigmachen; das Zimmer ist kahl, ich habe alles verscheuert. Man muß doch leben. Die Wirtin hat die Matratzen für einen Monat Miete in Zahlung genommen. Eine anständige Frau, eine der anständigsten Frauen, die mir je begegnet sind. Eine gute Frau. Auf der Drahteinlage kann man ausgezeichnet pennen. Keiner weiß, wie gut man auf einer Drahteinlage pennen kann, wenn man überhaupt pennt, ich penne nie, ich lebe von der Substanz, ich lebe von einer Sekunde Hoffnung, von der Sekunde, wenn die Türen aufgehen und niemand kommt ...
Ich muß mich zusammenreißen, es geht in die Schlacht. Es ist Viertel vor eins, um zehn vor fährt die Bahn, dann bin ich pünktlich um Viertel nach am Bahnhof, um achtzehn nach auf dem Bahnsteig; wenn der Winklöffelfritze aus

seinem Häuschen kommt, bin ich gerade recht, um mir von ihm sagen zu lassen: »Auch heute keine Verspätung gemeldet, mein Herr!«
Dieses Schwein sagt tatsächlich «Mein Herr« zu mir; alle anderen schnauzt er an und sagt einfach: »Sie da . . . gehen Sie weg von der Bahnsteigkante, Sie da!« Zu mir sagt er: »Mein Herr!« Das ist ein Kennzeichen: sie heucheln, sie heucheln ganz furchtbar; wenn man sie sieht, könnte man glauben, auch sie hätten Hunger, hätten keinen Tee mehr, keinen Tabak, nichts zu saufen; sie machen ein Gesicht, daß man versucht wäre, sein letztes Hemd für sie zu verscheuern.
Sie heucheln, daß man jahrelang darüber weinen könnte. Ich muß versuchen zu weinen; ich glaube, weinen ist schön, es ist ein Ersatz für Wein, Tabak, Brot und vielleicht auch ein Ersatz, wenn die eine Sekunde erlischt und mir nichts bleibt als vierundzwanzig nackte volle Stunden Verzweiflung.
In der Straßenbahn kann ich natürlich nicht weinen; ich muß mich zusammennehmen, ich muß mich schwer zusammenreißen. Sie sollen nichts merken; und am Bahnhof muß ich aufpassen. Bestimmt haben sie irgendwo Leute versteckt. »Es geht schließlich um die Sicherheit eines Beamten, Bahnsteig 4b.« Ich muß verdammt aufpassen; die Schaffnerin sieht mich beunruhigend oft an; sie fragt ein paarmal »Haben Sie schon?« und sieht dabei nur mich an; dabei habe ich wirklich schon; ich könnte den Fahrschein zücken und ihr unter die Nase halten, sie hat ihn mir selbst gegeben, aber sie weiß es schon nicht mehr. »Haben Sie schon?« Sie fragt dreimal und sieht mich dabei an, ich werde rot, dabei habe ich wirklich; sie geht, und alle Leute denken, er hat nicht; er betrügt die Straßenbahn. Dabei habe ich meine letzten zwanzig Pfennig gegeben, ich habe sogar einen Umsteigefahrschein . . .
Ich muß höllisch aufpassen; fast wäre ich wie früher durch die Sperre gerannt; dabei können sie überall stehen; als ich

durchrennen wollte, merkte ich, daß ich keine Bahnsteigkarte hatte, keinen Groschen. Es ist siebzehn nach, in drei Minuten kommt der Zug, ich werde verrückt. »Nehmen Sie die Uhr«, sagte ich. Der Mann ist beleidigt. »Mein Gott, nehmen Sie die Uhr.« Er stößt mich zurück. Die noble Kundschaft stockt. Ich muß tatsächlich zurück, es ist siebzehneinhalb nach.

»Eine Uhr!« rufe ich. »Eine Uhr für einen Groschen. Eine ehrliche Uhr, nicht geklaut, nichts, eine Uhr von meinem Vater.« Die Leute halten mich für verrückt oder einen Verbrecher. Keine Sau will die Uhr. Vielleicht holen sie die Polizei. Ich muß zu den Kumpels. Die Kumpels wenigstens werden mir helfen. Die Kumpels stehen unten. Es ist achtzehn nach, ich werde verrückt. Soll ich ausgerechnet heute den Zug versäumen, heute, wo sie kommen wird? »Ankomme dreizehnuhrzwanzig dort.«

»Kumpel«, sage ich zum nächsten, »gib mir einen Groschen für die Uhr, aber schnell, schnell«, sage ich.

Auch er stockt, sogar der Kumpel stockt. »Kumpel«, sage ich, »ich habe noch eine Minute Zeit, verstehst du?«

Er versteht, er versteht natürlich falsch, aber er versteht wenigstens falsch, wenigstens etwas, wenn man falsch verstanden wird. Es ist doch wenigstens Verstehen. Die anderen verstehen gar nichts.

Er gibt mir eine Mark, er ist großzügig. »Kumpel«, sage ich, »ich brauche einen Groschen, verstehst du, keine Mark, verstehst du?«

Er versteht wieder falsch, aber es ist so schön, wenigstens falsch verstanden zu werden; wenn ich lebend aus der Schlacht herauskomme, werde ich dich umarmen, Kumpel.

Er schenkt mir noch einen Groschen dazu, so sind die Kumpels, sie geben noch etwas zu und verstehen wenigstens falsch.

Es gelingt mir, neunzehneinhalb Minuten nach eins die Treppe heraufzurasen. Ich muß trotz allem wachsam sein, ich muß wahnsinnig aufpassen. Hinten kommt der Zug, schwarz und schnaubend vor dem grauen Horizont der Stadt. Mein Herz schweigt bei seinem Anblick, aber ich bin pünktlich, das ist es. Es ist mir gelungen, trotz allem pünktlich zu sein.

Ich halte mich ganz fern von dem Winklöffelfritzen; er steht mitten unter den Leuten, und plötzlich hat er mich erspäht, er schreit, er hat Angst, und er winkt seiner Clique, die in seinem Häuschen verborgen ist, winkt, sie sollen mich schnappen. Sie stürzen aus dem Häuschen, sie werden mich schnappen, aber ich lache sie aus, ich lache sie aus, denn der Zug ist eingelaufen, und noch ehe sie mich erreicht haben, liegt sie an meiner Brust, sie, und ich besitze nichts mehr als sie und eine Bahnsteigkarte, sie und eine gelochte Bahnsteigkarte . . .

Mein trauriges Gesicht

Als ich am Hafen stand, um den Möwen zuzusehen, fiel mein trauriges Gesicht einem Polizisten auf, der in diesem Viertel die Runde zu gehen hatte. Ich war ganz versunken in den Anblick der schwebenden Vögel, die vergebens aufschossen und niederstürzten, nach etwas Eßbarem zu suchen: der Hafen war verödet, grünlich das Wasser, dick von schmutzigem Öl, und in seiner krustigen Haut schwamm allerlei weggeworfener Krempel; kein Schiff war zu sehen, die Krane verrostet, Lagerhallen verfallen; nicht einmal Ratten schienen die schwarzen Trümmer am Kai zu bevölkern, still war es. Viele Jahre schon war jede Verbindung nach außen abgeschnitten.

Ich hatte eine bestimmte Möwe ins Auge gefaßt, deren Flüge ich beobachtete. Ängstlich wie eine Schwalbe, die das Unwetter ahnt, schwebte sie meist nahe der Oberfläche des Wassers, manchmal nur wagte sie kreischend den Sturz nach oben, um ihre Bahn mit der der Genossen zu vereinen. Hätte ich einen Wunsch aussprechen können, so wäre mir ein Brot das liebste gewesen, es den Möwen zu verfüttern, Brocken zu brechen und den planlosen Flügen einen weißen Punkt zu bestimmen, ein Ziel zu setzen, auf das sie zufliegen würden; dieses kreischende Geschwebe wirrer Bahnen zu straffen durch den Wurf eines Brotstückes, hineinpackend in sie wie in eine Zahl von Schnüren, die man rafft. Aber auch ich war hungrig wie sie, auch müde, doch glücklich trotz meiner Trauer, denn es war schön, dort zu stehen, die Hände in den Taschen, den Möwen zuzusehen und Trauer zu trinken.

Plötzlich aber legte sich eine amtliche Hand auf meine Schulter, und eine Stimme sagte: »Kommen Sie mit!« Dabei versuchte die Hand, mich an der Schulter zu zerren und herumzureißen. Ich blieb stehen, schüttelte sie ab und sagte ruhig: »Sie sind verrückt.«

»Kamerad«, sagte der immer noch Unsichtbare zu mir, »ich warne Sie.«
»Mein Herr«, gab ich zurück.
»Es gibt keine Herren«, rief er zornig. »Wir sind alle Kameraden.«
Und nun trat er neben mich, blickte mich von der Seite an, und ich war gezwungen, meinen glücklich schweifenden Blick zurückzuholen und in seine braven Augen zu versenken: Er war ernst wie ein Büffel, der seit Jahrzehnten nichts anderes gefressen hat als die Pflicht.
»Welchen Grund ...«, wollte ich anfangen.
»Grund genug«, sagte er, »Ihr trauriges Gesicht.«
Ich lachte.
»Lachen Sie nicht!« Sein Zorn war echt. Erst hatte ich gedacht, es sei ihm langweilig gewesen, weil keine unregistrierte Hure, kein taumelnder Seemann, nicht Dieb noch Durchbrenner zu verhaften war, aber nun sah ich, daß es Ernst war: er wollte mich verhaften.
»Kommen Sie mit ...!«
»Und weshalb?« fragte ich ruhig.
Ehe ich mich versehen hatte, war mein linkes Handgelenk mit einer dünnen Kette umschlossen, und in diesem Augenblick wußte ich, daß ich wieder verloren war. Ein letztes Mal wandte ich mich zu den schweifenden Möwen, blickte in den schönen grauen Himmel und versuchte, mich mit einer plötzlichen Wendung ins Wasser zu stürzen, denn es schien mir doch schöner, selbst in dieser schmutzigen Brühe allein zu ertrinken, als irgendwo auf einem Hinterhof von den Sergeanten erdrosselt oder wieder eingesperrt zu werden. Aber der Polizist hatte mich mit einem Ruck so nahe gezogen, daß kein Entweichen mehr möglich war.
»Und weshalb?« fragte ich noch einmal.
»Es gibt das Gesetz, daß Sie glücklich zu sein haben.«
»Ich bin glücklich!« rief ich.
»Ihr trauriges Gesicht ...«, er schüttelte den Kopf.
»Aber dieses Gesetz ist neu«, sagte ich.

»Es ist sechsunddreißig Stunden alt, und Sie wissen wohl, daß jedes Gesetz vierundzwanzig Stunden nach seiner Verkündung in Kraft tritt.«

»Aber ich kenne es nicht.«

»Kein Schutz vor Strafe. Es wurde vorgestern verkündet, durch alle Lautsprecher, in allen Zeitungen, und denjenigen«, hier blickte er mich verächtlich an, »denjenigen, die weder der Segnungen der Presse noch der des Funks teilhaftig sind, wurde es durch Flugblätter bekanntgegeben, über allen Straßen des Reiches wurden sie abgeworfen. Es wird sich also zeigen, wo Sie die letzten sechsunddreißig Stunden verbracht haben, Kamerad.«

Er zog mich fort. Jetzt erst spürte ich, daß es kalt war und ich keinen Mantel hatte, jetzt erst kam mein Hunger richtig hoch und knurrte vor der Pforte des Magens, jetzt erst begriff ich, daß ich auch schmutzig war, unrasiert, zerlumpt, und daß es Gesetze gab, nach denen jeder Kamerad sauber, rasiert, glücklich und satt zu sein hatte. Er schob mich vor sich her wie eine Vogelscheuche, die, des Diebstahls überführt, die Stätte ihrer Träume am Feldrain hat verlassen müssen. Die Straßen waren leer, der Weg zum Revier nicht weit, und obwohl ich gewußt hatte, daß sie bald wieder einen Grund finden würden, mich zu verhaften, so wurde mein Herz doch schwer, denn er führte mich durch die Stätten meiner Jugend, die ich nach der Besichtigung des Hafens hatte besuchen wollen: Gärten, die voll Sträucher gewesen waren, schön von Unordnung, überwachsene Wege – alles dieses war nun planiert, geordnet, sauber, viereckig für die vaterländischen Verbände hergerichtet, die montags, mittwochs und samstags hier ihre Aufmärsche durchzuführen hatten. Nur der Himmel war wie früher und die Luft wie in jenen Tagen, da mein Herz voller Träume gewesen war.

Hier und da im Vorübergehen sah ich, daß in mancher Liebeskaserne schon das staatliche Zeichen für jene ausgehängt wurde, die mittwochs an der Reihe waren, der hygienischen Freude teilhaftig zu werden; auch manche Kneipen schienen bevollmächtigt, das Zeichen des Trunkes schon auszuwerfen, ein aus Blech gestanztes Bierglas, das in den Farben des Reiches quergestreift war: hellbraun-dunkelbraun-hellbraun. Freude herrschte sicher schon in den Herzen derer, die in der staatlichen Liste der Mittwochstrinker geführt wurden und des Mittwochsbieres teilhaftig werden würden.

Allen Leuten, die uns begegneten, haftete das unverkennbare Zeichen des Eifers an, das dünne Fluidum der Emsigkeit umgab sie, um so mehr wohl, da sie den Polizisten erblickten; alle gingen schneller, machten ein vollkommen pflichterfülltes Gesicht, und die Frauen, die aus den Magazinen kamen, waren bemüht, ihren Gesichtern den Ausdruck jener Freude zu verleihen, die man von ihnen erwartete, denn es war geboten, Freude zu zeigen, muntere Heiterkeit über die Pflichten der Hausfrau, die abends den staatlichen Arbeiter mit gutem Mahl zu erfrischen angehalten war.

Aber alle diese Leute wichen uns geschickt aus, so, daß keiner unmittelbar unseren Weg zu kreuzen gezwungen war; wo sich Spuren von Leben auf der Straße zeigten, verschwanden sie zwanzig Schritte vor uns, jeder bemühte sich, schnell in ein Magazin einzutreten oder um eine Ecke zu biegen, und mancher mag ein ihm unbekanntes Haus betreten und hinter der Tür ängstlich gewartet haben, bis unsere Schritte verhallt waren.

Nur einmal, als wir gerade eine Straßenkreuzung passierten, begegnete uns ein älterer Mann, an dem ich flüchtig die Abzeichen des Schulmeisters erkannte; er konnte nicht mehr ausweichen und bemühte sich nun, nachdem er erst vorschriftsmäßig den Polizisten gegrüßt hatte (indem er sich selbst zum Zeichen absoluter Demut dreimal mit der flachen Hand auf den Kopf schlug), bemühte er sich also, seine Pflicht zu erfüllen, die von ihm verlangte, mir dreimal ins Gesicht zu speien und mich mit dem obligatorischen

Ruf »Verräterschwein« zu belegen. Er zielte gut, doch war der Tag heiß gewesen, seine Kehle mußte trocken sein, denn es trafen mich nur einige kümmerliche, ziemlich substanzlose Flatschen, die ich – entgegen der Vorschrift – unwillkürlich mit dem Ärmel abzuwischen versuchte; daraufhin trat mich der Polizist in den Hintern und schlug mich mit der Faust in die Mitte des Rückgrates, fügte mit ruhiger Stimme hinzu: »Stufe 1«, was soviel bedeutet wie: erste mildeste Form der von jedem Polizisten anwendbaren Bestrafung.

Der Schulmeister war schnell von dannen geeilt. Sonst gelang es allen, uns auszuweichen; nur eine Frau noch, die gerade an einer Liebeskaserne vor den abendlichen Freuden die vorgeschriebene Lüftung vornahm, eine blasse, geschwollene Blondine, warf mir flüchtig eine Kußhand zu, und ich lächelte dankbar, während der Polizist sich bemühte, so zu tun, als habe er nichts bemerkt. Sie sind angehalten, diesen Frauen Freiheiten zu gestatten, die jedem anderen Kameraden unweigerlich schwere Bestrafung einbringen würden; denn da sie sehr wesentlich zur Hebung der allgemeinen Arbeitsfreude beitragen, läßt man sie als außerhalb des Gesetzes stehend gelten, ein Zugeständnis, dessen Tragweite der Staatsphilosoph Dr. Dr. Dr. Bleigoeth in der obligatorischen Zeitschrift für (Staats)Philosophie als ein Zeichen beginnender Liberalisierung gebrandmarkt hat. Ich hatte es am Tage vorher auf meinem Wege in die Hauptstadt gelesen, als ich auf dem Klo eines Bauernhofes einige Seiten der Zeitschrift fand, die ein Student – wahrscheinlich der Sohn des Bauern – mit sehr geistreichen Glossen versehen hatte.

Zum Glück erreichten wir jetzt die Station, denn eben ertönten die Sirenen, und das bedeutete, daß die Straßen überströmen würden von Tausenden von Leuten mit einem milden Glück auf den Gesichtern (denn es war befohlen, bei Arbeitsschluß eine nicht zu große Freude zu zeigen, weil sich dann erweise, daß die Arbeit eine Last sei; Jubel dagegen sollte bei Beginn der Arbeit herrschen, Jubel und Gesang), alle diese Tausende hätten mich anspucken müssen. Allerdings bedeutete das Sirenenzeichen zehn Minuten vor Feierabend, denn jeder war angehalten, sich zehn Minuten einer gründlichen Waschung hinzugeben, gemäß der Parole des derzeitigen Staatschefs: Glück und Seife.

Die Tür zum Revier des Viertels, einem einfachen Betonklotz, war von zwei Posten bewacht, die mir im Vorübergehen die übliche »körperliche Maßnahme« angedeihen ließen: sie schlugen mir ihre Seitengewehre heftig gegen die Schläfe und knallten mir die Läufe ihrer Pistolen gegen das Schlüsselbein, gemäß der Präambel zum Staatsgesetz Nr. 1: »Jeder Polizist hat sich jedem Ergriffenen (sie meinen Verhafteten) gegenüber als Gewalt an sich zu dokumentieren, ausgenommen der, der ihn ergreift, da dieser des Glücks teilhaftig werden wird, bei der Vernehmung die erforderlichen körperlichen Maßnahmen vorzunehmen.« Das Staatsgesetz Nr. 1 selbst hat folgenden Wortlaut: »Jeder Polizist *kann* jeden bestrafen, er *muß* jeden bestrafen, der sich eines Vergehens schuldig gemacht hat. Es gibt für alle Kameraden keine Straffreiheit, sondern nur eine Straffreiheitsmöglichkeit.«

Wir durchschritten nun einen langen kahlen Flur, der mit vielen großen Fenstern versehen war; dann öffnete sich automatisch eine Tür, denn inzwischen hatten die Posten unsere Ankunft schon durchgegeben, und in jenen Tagen, da alles glücklich war, brav, ordentlich, und jeder sich bemühte, das vorgeschriebene Pfund Seife am Tag zu verwaschen, in jenen Tagen bedeutete die Ankunft eines Ergriffenen (Verhafteten) schon ein Ereignis.

Wir betraten einen fast leeren Raum, der nur einen Schreibtisch mit Telefon und zwei Sessel enthielt, ich selbst hatte mich in die Mitte des Raumes zu postieren; der Polizist nahm seinen Helm ab und setzte sich.

Erst war Stille und nichts geschah; sie machten es immer

so; das ist das Schlimmste; ich spürte, wie mein Gesicht immer mehr zusammenfiel, ich war müde und hungrig, und auch die letzte Spur jenes Glückes der Trauer war nun verschwunden, denn ich wußte, daß ich verloren war.

Nach wenigen Sekunden trat wortlos ein blasser langer Mensch ein, in der bräunlichen Uniform des Vorvernehmers; er setzte sich ohne ein Wort zu sagen hin und blickte mich an.

»Beruf?«

»Einfacher Kamerad.«

»Geboren?«

»1. 1. eins«, sagte ich.

»Letzte Beschäftigung?«

»Sträfling.«

Die beiden blickten sich an.

»Wann und wo entlassen?«

»Gestern, Haus 12, Zelle 13.«

»Wohin entlassen?«

»In die Hauptstadt.«

»Schein.«

Ich nahm aus meiner Tasche den Entlassungsschein und reichte ihn hinüber. Er heftete ihn an die grüne Karte, die er mit meinen Angaben zu beschreiben begonnen hatte.

»Damaliges Delikt?«

»Glückliches Gesicht.«

Die beiden blickten sich an.

»Erklären«, sagte der Vorvernehmer.

»Damals«, sagte ich, »fiel mein glückliches Gesicht einem Polizisten auf an einem Tag, da allgemeine Trauer befohlen war. Es war der Todestag des Chefs.«

»Länge der Strafe?«

»Fünf.«

»Führung?«

»Schlecht.«

»Grund?«

»Mangelhafter Arbeitseinsatz.«

»Erledigt.«
Dann erhob sich der Vorvernehmer, trat auf mich zu und schlug mir genau die drei vorderen mittleren Zähne aus: ein Zeichen, daß ich als Rückfälliger gebrandmarkt werden sollte, eine verschärfte Maßnahme, auf die ich nicht gerechnet hatte. Dann verließ der Vorvernehmer den Raum, und ein dicker Bursche in einer dunkelbraunen Uniform trat ein: der Vernehmer.
Sie schlugen mich alle: der Vernehmer, der Obervernehmer, der Hauptvernehmer, der Anrichter und der Schlußrichter, und nebenbei vollzog der Polizist alle körperlichen Maßnahmen, wie das Gesetz es befahl; und sie verurteilten mich wegen meines traurigen Gesichtes zu zehn Jahren, so wie sie mich fünf Jahre vorher wegen meines glücklichen Gesichtes zu fünf Jahren verurteilt hatten.
Ich aber muß versuchen, gar kein Gesicht mehr zu haben, wenn es mir gelingt, die nächsten zehn Jahre bei Glück und Seife zu überstehen ...

Kerzen für Maria

Mein Aufenthalt in dieser Stadt war nur vorübergehend; zu einer bestimmten Stunde gegen Abend hatte ich den Vertreter einer Firma zu besuchen, die sich mit dem Plan trug, möglicherweise einen Artikel zu übernehmen, dessen Vertrieb uns einiges Kopfzerbrechen macht: Kerzen. Wir haben unser ganzes Geld in die Herstellung eines riesigen Postens gesteckt, indem wir die Stromknappheit als einen Dauerzustand voraussetzten; wir sind sehr fleißig gewesen, sparsam und ehrlich, und wenn ich sage: wir, so meine ich meine Frau und mich. Wir sind Hersteller, Verkäufer, Wiederverkäufer, alle Stufen innerhalb der gesegneten Ordnung des Handels vereinigen wir in uns: Vertreter sind wir, Arbeiter, Reisende, Fabrikanten.

Aber wir haben unsere Rechnung ohne den Wirt gemacht. Der Bedarf an Kerzen ist heute gering. Die Stromkontingentierung ist aufgehoben, auch die meisten Keller sind wieder elektrisch beleuchtet, und im gleichen Augenblick, wo unser Fleiß, unsere Mühe, alle unsere Schwierigkeiten ihr Ziel erreicht zu haben schienen: die Herstellung eines riesigen Postens Kerzen, in diesem Augenblick war die Nachfrage erloschen.

Unsere Versuche, Verbindung mit jenen religiösen Handlungen aufzunehmen, die die sogenannten Devotionalien vertreiben, erwiesen sich als zwecklos. Jene Handlungen hatten Kerzen genug gehortet, außerdem bessere als unsere, solche, die mit Verzierungen versehen waren, grünen, roten, blauen und gelben Bändern, mit goldenen Sternchen bestickt, die sich – gleich Aeskulaps Schlange um dessen Stab – an ihnen hochwinden und ihnen ein ebenso andachtsvolles wie schönes Aussehen verleihen; auch solche verschiedener Größe und Dicke, während unsere alle gleich sind und von einfacher Form; sie haben etwa die Länge einer halben Elle, sind glatt, gelb, schmucklos, und einzig die Schönheit der Einfachheit ist ihnen eigen.

Wir müssen uns gestehen, falsch kalkuliert zu haben; neben der glänzenden Ware, wie sie die Devotionalienhandlungen ausstellen, wirken unsere Kerzen allzu arm, und niemand kauft etwas Ärmliches. Auch unsere Bereitschaft, im Preise herabzugehen, hat dem Absatz unseres Artikels keine Steigerung gebracht. Andererseits fehlt uns natürlich das Geld, andere Muster zu planen oder gar herzustellen, da die Einkünfte, die wir aus dem geringen Verkauf des hergestellten Postens erzielen, kaum ausreichend sind, unseren Lebensunterhalt und die stets wachsenden Unkosten zu decken; denn ich muß nun immer weitere Reisen machen, um wirkliche oder scheinbare Interessenten zu besuchen, muß stets weiter im Preis heruntergehen, und wir wissen, daß uns kein anderer Ausweg bleiben wird, als den großen Rest zu verschleudern und durch eine andere Arbeit Geld zu verdienen.

In diese Stadt hatte mich der Brief eines Großvertreters gerufen, der angedeutet hatte, er würde einen größeren Posten zu annehmbarem Preise absetzen. Töricht genug, hatte ich ihm Glauben geschenkt, eine weite Reise gemacht und jenen Burschen besucht. Seine Wohnung war prachtvoll, üppig, großzügig, schwungvoll möbliert, und das große Kontor, in dem er mich empfing, war vollgestopft mit den verschiedensten Mustern jener Artikel, die seiner Branche Geld einbringen. Da waren lange Regale mit gipsernen Maria-Theresien, Josephsstatuen, Marien, blutende Herzen Jesu, sanftäugige blondhaarige Büßerinnen, auf deren Gipssockel in den verschiedensten Sprachen in erhabenen Buchstaben zu lesen war, golden oder rot: Madeleine, Maddalena, Magdalena; Krippen im ganzen oder in einzelnen Teilen, Ochsen, Esel, Jesuskinder aus Wachs oder Gips, Hirten oder Engel aller Altersstufen: Säuglinge, Jünglinge, Kinder, Greise, gipserne Palmblätter mit goldenen oder silbernen Hallelujas, Weihwasserbecken aus Stahl, Gips, Kupfer, Ton: geschmackvolle, geschmacklose.

Er selbst – ein jovialer Bursche mit rotem Gesicht – ließ mich Platz nehmen, heuchelte erst Interesse und bot mir eine Zigarre an. Ich mußte ihm berichten, wieso wir diesem Fabrikationszweig uns verschrieben hatten, und nachdem ich berichtet hatte, daß uns als Erbe des Krieges nichts verblieben war als ein riesiger Stapel Stearin, den meine Frau aus vier brennenden Lastwagen vor unserem zerstörten Haus gerettet und den später niemand als sein Eigentum zurückgefordert hatte, nachdem meine Zigarre ungefähr zu einem Viertel geraucht war, sagte er plötzlich ohne jeden Übergang: »Es tut mir leid, daß ich Sie habe herkommen lassen, aber ich habe mir die Sache anders überlegt.« Meine plötzliche Blässe mag ihm doch seltsam vorgekommen sein. »Ja«, fuhr er fort, »es tut mir wirklich aufrichtig leid, aber ich bin nach Erwägung aller Möglichkeiten zur Einsicht gekommen, daß Ihr Artikel nicht gehen wird. Wird nicht gehen! Glauben Sie mir! Tut mir leid!« Er lächelte, zuckte die Schultern und hielt mir die Hand hin. Ich ließ die brennende Zigarre liegen und ging.

Es war inzwischen dunkel geworden, und die Stadt war mir vollkommen fremd. Obwohl mich trotz allem eine gewisse Erleichterung befiel, hatte ich das schreckliche Gefühl, nicht nur arm, betrogen, Opfer einer falschen Idee, sondern auch lächerlich zu sein. Offenbar taugte ich nicht zum sogenannten Lebenskampf, nicht zum Fabrikanten und Händler. Nicht einmal zu einem Spottpreis wurden unsere Kerzen gekauft, sie waren zu schlecht, um in der devotionalistischen Konkurrenz zu bestehen, und wahrscheinlich würden wir sie nicht einmal geschenkt loswerden, während andere, schlechtere Kerzen gekauft wurden. Niemals würde ich das Geheimnis des Handels entdecken, wenn ich auch das Geheimnis der Kerzenherstellung mit meiner Frau gefunden hatte.

Ich schleppte müde meinen schweren Musterkoffer zur Haltestelle der Straßenbahn und wartete lange. Die Dunkelheit war sanft und klar, es war Sommer. Lampen brannten an den Straßenkreuzungen, Menschen schlenderten durch den Abend, es war still; ich stand an einem großen Rondell – am Rande dunkle leere Bürogebäude – in meinem Rücken ein kleiner Park; ich hörte Rauschen von Wasser, und als ich mich umwandte, sah ich eine große marmorne Frau dort stehen, aus deren starren Brüsten dünne Rinnsale in ein Kupferbecken flossen; mir wurde kühl, und ich spürte, daß ich müde war. Endlich kam die Bahn; sanfte Musik strömte aus hellerleuchteten Cafés, aber der Bahnhof lag in einem leeren, stillen Stadtteil. Die große schwarze Tafel dort verriet lediglich die Abfahrt eines Zuges, der mich nur halbwegs nach Hause bringen, dessen Benutzung mich eine ganze Nacht Wartesaal, Schmutz und widerliche Bouillon im Bahnhof eines hotellosen Ortes kosten würde. Ich wandte mich um und trat auf den Vorplatz zurück, zählte im Schein einer Gaslaterne mein Geld: neun Mark, Rückfahrkarte und ein paar Groschen. Ein paar Autos standen dort, die schon ewig dort zu warten schienen, kleine Bäume, die gestutzt waren wie Rekruten. Brave Bäumchen, dachte ich, gute Bäumchen, gehorsame Bäumchen. Weiße Arztschilder waren an ein paar unbeleuchteten Häusern zu sehen, durch das Schaufenster eines Cafés blickte ich in eine Versammlung leerer Polsterstühle, denen ein Geiger mit wilden Bewegungen Schluchzer vorsetzte, die zwar Steine, kaum aber einen Menschen hätten rühren können. Endlich entdeckte ich im Chor einer schwarzen Kirche ein grüngestrichenes Schild: Logis. Ich trat dort ein.

Hinter mir hörte ich die Straßenbahn in das heller erleuchtete, stärker belebte Viertel zurückfahren. Der Flur war leer, und ich trat nach rechts in eine kleine Stube, die vier Tische und zwölf Stühle enthielt; Blechkästen mit Bier- und Limonadenflaschen standen links auf einer eingebauten Theke. Alles sah sauber und schmucklos aus. Grüner Rupfen war mit rosenförmigen Kupfernägeln an die Wand geheftet, von schmalen braunen Leisten durchbrochen.

Auch die Stühle waren grün überzogen mit einem sanften, samtartigen Stoff. Gelbliche Vorhänge waren dicht vor die Fenster gezogen, und hinter der Theke führte ein klappenartiges Fenster in eine Küche. Ich stellte den Koffer ab, zog einen Stuhl näher und setzte mich. Ich war sehr müde.
Es war so still hier, stiller noch als der Bahnhof, der seltsamerweise abseits lag vom Geschäftszentrum, eine dumpfe dunkle Halle, die von den leisen Geräuschen einer unsichtbaren Emsigkeit erfüllt war: Emsigkeit hinter verschlossenen Schaltern, Emsigkeit hinter hölzernen Absperrungen.
Auch hungrig war ich, und die völlige Nutzlosigkeit dieser Reise bedrückte mich sehr. Ich war froh, daß ich noch eine Weile in diesem sanften schmucklosen Raum allein blieb. Ich hätte gern geraucht, fand aber keine Zigarette und bereute nun, die Zigarre bei dem Groß-Devotionalisten liegengelassen zu haben. Obwohl ich Grund gehabt hätte, über die Zwecklosigkeit auch dieser Reise bedrückt zu sein, verstärkte sich in mir das Gefühl einer Erleichterung, für die ich keinen Namen wußte und die ich mir nicht hätte erklären können, aber vielleicht war ich insgeheim froh, nun endgültig aus dem Gewerbe der Frömmigkeitsartikel ausgestoßen zu sein.
Ich war nicht untätig gewesen nach dem Kriege, ich hatte aufgeräumt, Schutt gefahren, Steine geputzt, gemauert, Sand gefahren, Kalk geholt, hatte Anträge gestellt, immer wieder Anträge gestellt, hatte Bücher gewälzt, sorgsam diesen Haufen Stearin verwaltet; unabhängig von allen, die mir ihre Erfahrungen hätten mitteilen können, hatte ich die Herstellungsweise von Kerzen gefunden, schönen, einfachen, guten Kerzen, die mit einem sanften Gelb gefärbt waren, das ihnen die Hoheit schmelzenden Bienenwachses verlieh. Ich hatte alles getan, um mir eine Existenz zu gründen, wie die Leute so schön sagen: etwas zu tun, das Geld einbringt, und obwohl ich hätte traurig sein müssen – erfüllte mich gerade diese vollkommene Nutzlosigkeit

meiner Bemühungen mit einer Freude, die ich noch nicht gekannt hatte.

Ich war nicht kleinlich gewesen, ich hatte Leuten, die in lichtlosen Löchern hockten, Kerzen geschenkt, hatte jede Gelegenheit, mich zu bereichern, vermieden; ich hatte gehungert und mich mit Leidenschaft diesem Erwerbszweig gewidmet, aber obwohl ich hätte erwarten können, für meine gewisse Anständigkeit belohnt zu werden, war ich fast froh, offenbar keines Lohnes würdig zu sein.

Flüchtig auch dachte ich: Vielleicht wäre es doch besser gewesen, Schuhwichse herzustellen, wie ein Bekannter uns geraten hatte, andere Ingredienzien dem Grundstoff beizumischen, Rezepte zusammenzustellen, Pappdosen zu erwerben, sie zu füllen.

Mitten in mein Brüten trat die Wirtin ein, eine schlanke, ältere Frau, ihr Kleid war grün, grün wie die Bier- und Limonadenflaschen auf der Theke. Sie sagte freundlich: »Guten Abend.« Ich erwiderte ihren Gruß, und sie fragte: »Bitte?«

»Ein Zimmer, wenn Sie eins frei haben.«

»Gewiß«, sagte sie, »zu welchem Preis?«

»Das billigste.«

»Dreifünfzig.«

»Schön«, sagte ich erfreut, »vielleicht etwas zu essen?«

»Gewiß.«

»Brot, etwas Käse und Butter und ...«, ich streifte die Flaschen auf der Theke mit einem Blick, »vielleicht Wein.«

»Gewiß«, sagte sie, »eine Flasche?«

»Nein, nein! Ein Glas und – was wird das kosten?«

Sie hatte sich hinter die Theke gestellt, schon den Haken zurückgeschoben, um das Fensterchen zu öffnen, und hielt jetzt inne. »Alles?« fragte sie.

»Bitte alles.«

Sie griff unter den Tisch, nahm Notizblock und Bleistift, und es war jetzt wieder still, während sie langsam schrieb und rechnete. Ihre ganze Erscheinung strömte, wie sie dort stand, trotz aller Kühle eine beruhigende Güte aus. Außerdem wurde sie mir sympathischer, da sie sich mehrmals zu verrechnen schien. Sie schrieb langsam die Posten hin, addierte stirnrunzelnd, schüttelte den Kopf, strich wieder durch, schrieb alles neu, addierte wieder, diesmal ohne Stirnrunzeln, und schrieb mit dem grauen Stift unten das Ergebnis hin; dann sagte sie leise: »Sechszwanzig – nein sechs, verzeihen Sie.«

Ich lächelte. »Schön. Haben Sie auch Zigarren?«

»Gewiß.« Sie langte wieder unter die Theke und hielt mir eine Schachtel hin. Ich nahm zwei und dankte. Die Frau gab murmelnd die Bestellung in die Küche durch und verließ den Raum.

Sie war kaum gegangen, als die Tür aufgestoßen wurde und ein junger, schmaler Bursche erschien, unrasiert, in hellem Regenmantel; hinter ihm sah ich ein hutloses Mädchen in einem bräunlichen Mantel. Die beiden traten leise, fast schüchtern näher, sagten knapp »Guten Abend« und wandten sich zur Theke. Der Bursche trug die lederne, abgenutzte Einkaufstasche des Mädchens, und obwohl er sichtlich bemüht war, Haltung zu zeigen, Mut und das Benehmen eines Mannes, der täglich mit seinem Mädchen im Hotel übernachtet, sah ich doch, daß seine Unterlippe zitterte und winzige Schweißtröpfchen an seinen Bartstoppeln hingen. Die beiden standen dort wie Wartende in einem Laden. Ihre Hutlosigkeit, die Einkaufstasche als einziges Gepäck gaben ihnen das Aussehen von Fliehenden, die irgendeine Übergangsstation erreicht haben. Das junge Mädchen war schön, ihre Haut war lebendig, warm und leicht gerötet, und das schwere braune Haar, das lose über die Schultern fiel, schien fast zu schwer für ihre zierlichen Füße; sie bewegte nervös die schwarzen staubigen Schuhe, indem sie öfter, als es erforderlich gewesen wäre, das Standbein wechselte; dem Burschen fielen ein paar Haarsträhnen, die er hastig zurückstrich, immer wieder in die Stirn, und sein kleiner runder Mund zeigte den Ausdruck einer schmerzlichen und zugleich glücklichen Entschlossenheit. Die beiden vermieden es offenbar, sich anzusehen, sprachen auch nicht miteinander, und ich war froh, daß ich mich umständlich mit meiner Zigarre beschäftigen, sie abschneiden, anzünden, das Ende mißtrauisch betrachten, noch einmal anzünden und rauchen konnte. Jede Sekunde des Wartens mußte eine Pein sein, ich spürte es, denn auch das Mädchen, mochte sie noch so kühn aussehen und glücklich erscheinen, wechselte nun immer öfter das Standbein, zupfte an ihrem Mantel, und der junge Mann fuhr sich immer öfter in die Stirn, aus der nun keine Haarsträhne mehr zurückzustreichen war. Endlich erschien die Frau wieder, sagte leise: »Guten Abend« und setzte die Flasche auf die Theke.

Ich sprang sofort auf und sagte zur Wirtin: »Wenn ich Ihnen die Mühe abnehmen darf?« Sie sah mich erstaunt an, stellte dann das Glas hin, gab mir den Korkenzieher und fragte den jungen Mann: »Bitte?« Während ich die Zigarre in den Mund nahm, den Zieher in den Korken bohrte, hörte ich, wie der junge Mann fragte: »Können wir zwei Zimmer haben?«

»Zwei?« fragte die Wirtin, und in diesem Augenblick hatte ich den Pfropfen gelöst, und ich sah von der Seite, daß das Mädchen jäh errötete, der Bursche heftiger noch auf seine Unterlippe biß und mit einem knappen Öffnen des Mundes sagte: »Ja, zwei.«

»Oh, danke«, sagte die Wirtin zu mir, goß das Glas voll und reichte es mir. Ich ging an meinen Tisch zurück, begann in kleinen Schlucken den sanften Wein zu trinken und wünschte nur, daß die unvermeidliche Zeremonie nun nicht wieder durch das Erscheinen meines Essens hinausgezögert würde. Aber das Eintragen in ein Buch, Ausfüllen von Zetteln und Vorlegen bläulicher Ausweise, alles ging schneller, als ich gedacht hatte; und einmal, als der junge Mann die Ledertasche öffnete, um die Ausweise herauszuholen, sah ich dort fettige Kuchentüten, einen zusammengeknüllten Hut, Zigarettenschachteln, eine Baskenmütze und ein zerschlissenes rötliches Portemonnaie.

Die ganze Zeit über suchte das Mädchen Haltung zu bewahren; sie betrachtete unbeteiligt die Limonadenflaschen, das Grün des Rupfenbezuges und die rosenförmigen Nägel, aber die Röte wich nicht mehr von ihrem Gesicht, und als endlich alles erledigt war, gingen die beiden hastig und grußlos mit ihren Schlüsseln nach oben. Bald wurde mein Essen durch die Klappe gereicht; die Wirtin brachte mir den Teller, und als wir uns anblickten, lächelte sie nicht, wie ich erwartet hatte, sondern blickte ernst an mir vorbei und sagte: »Guten Appetit.«

»Danke«, sagte ich. Sie blieb stehen.

Ich fing langsam an zu essen, nahm Brot, Butter und Käse. Sie stand immer noch neben mir. Ich sagte: »Lächeln Sie.«

Sie lächelte wirklich, seufzte dann und sagte: »Ich kann nichts daran ändern.«

»Möchten Sie es?«

»O ja«, sagte sie heftig und setzte sich neben mich auf einen Stuhl, »ich möchte es. Ich möchte manches ändern. Aber wenn er zwei Zimmer verlangt; hätte er eins verlangt . . .«, sie stockte.

»Wie?« fragte ich.

»Wie?« machte sie wütend nach, »ich hätte ihn hinausgeschmissen.«

»Wozu?« sagte ich müde und nahm den letzten Bissen in den Mund. Sie schwieg. Wozu, dachte ich, wozu? Gehört nicht den Liebenden die Welt, waren nicht die Nächte mild genug, waren nicht andere Türen offen, schmutzigere vielleicht, aber Türen, die man hinter sich schließen konnte. Ich blickte in mein leeres Glas und lächelte . . .

Die Wirtin war aufgestanden, hatte ihr dickes Buch geholt, einen Packen Formulare und sich wieder neben mich gesetzt.

Sie beobachtete mich, während ich alles ausfüllte. Vor der Spalte »Beruf« stockte ich, sah auf und blickte in ihr

lächelndes Gesicht. »Warum zögern Sie«, fragte sie ruhig, »haben Sie keinen Beruf?«
»Ich weiß nicht.«
»Sie wissen nicht?«
»Ich weiß nicht, ob ich Arbeiter, Reisender, Fabrikant, Erwerbsloser oder nur Vertreter bin ... aber Vertreter wessen ...«, dann schrieb ich schnell »Vertreter« hin und gab ihr das Buch zurück. Einen Augenblick dachte ich daran, ihr Kerzen anzubieten, zwanzig, wenn sie wollte, für ein Glas Wein oder zehn für eine Zigarre, ich weiß nicht, warum ich es unterließ, vielleicht war ich nur zu müde, nur zu faul, aber am anderen Morgen war ich froh, es nicht getan zu haben. Ich zündete meine erloschene Zigarre wieder an und stand auf. Die Frau hatte das Buch zugeklappt, die Zettel dazwischengeschoben und gähnte.
»Wünschen Sie Kaffee morgen früh?« fragte sie.
»Nein, danke, ich werde sehr früh zum Bahnhof gehen. Gute Nacht.«
»Gute Nacht«, sagte sie.
Aber am anderen Morgen schlief ich lange. Der Flur, den ich abends flüchtig gesehen hatte – mit dunkelroten Teppichen belegt –, blieb die ganze Nacht still. Auch das Zimmer war ruhig. Der ungewohnte Wein hatte mich müde gemacht und zugleich froh. Das Fenster stand offen, und ich erblickte gegen den ruhigen, dunkelblauen Sommerhimmel nur das finstere Dach der Kirche gegenüber; weiter rechts sah ich den bunten Widerschein von Lichtern in der Stadt, hörte den Lärm der belebteren Viertel. Ich legte mich mit der Zigarre ins Bett, um die Zeitung zu lesen, schlief aber gleich ein ...
Es war acht vorüber, als ich wach wurde. Der Zug, den ich hatte benutzen wollen, war schon abgefahren, und ich bereute, nicht geweckt worden zu sein. Ich wusch mich, beschloß, mich rasieren zu lassen, und ging hinunter. Das kleine grüne Zimmer war jetzt hell und freundlich, die Sonne schien durch die dünnen Vorhänge hinein, und ich

war erstaunt, gedeckte Frühstückstische zu sehen mit Brotkrümeln, leeren Marmeladeschälchen und Kaffeekannen. Ich hatte das Gefühl gehabt, in diesem stillen Haus der einzige Gast zu sein. Ich bezahlte einem freundlichen Mädchen meine Rechnung und ging.

Draußen war ich erst unschlüssig. Der kühle Schatten der Kirche umfing mich. Die Gasse war schmal und sauber; rechts neben dem Eingang des Logierhauses hatte ein Bäcker seinen Laden geöffnet, Brote und Brötchen leuchteten hellbraun und gelb in den Schaukästen, irgendwo standen Milchkannen vor der Tür, zu der eine schmale dünnblaue Spur vertropfter Milch hinführte. Die gegenüberliegende Straßenseite war nur mit einer hohen schwarzen Mauer aus Quadern bebaut; durch ein großes, halbkreisförmiges Tor sah ich grünen Rasen und trat dort ein. Ich stand in einem Klostergarten. Ein altes flachdachiges Gebäude, dessen steinerne Fensterumrandungen rührend weiß gekälkt waren, lag inmitten eines grünen Rasens; steinerne Sarkophage im Schatten von Trauerweiden. Ein Mönch trottete über einen Fliesenweg auf die Kirche zu. Als er an mir vorüberkam, grüßte er nickend, ich nickte wieder, und als er in die Kirche trat, folgte ich ihm, ohne zu wissen warum.

Die Kirche war leer. Sie war alt und schmucklos, und als ich gewohnheitsmäßig meine Hand ins Weihwasserbecken tauchte und zum Altar hin niederkniete, sah ich, daß die Kerzen eben verlöscht sein mußten, eine schmale, schwärzliche Rauchfahne stieg von ihnen auf in die helle Luft; niemand war zu sehen, keine Messe schien an diesem Morgen mehr gelesen zu werden. Unwillkürlich folgte ich mit den Augen der schwarzen Gestalt, die flüchtig und unbeholfen vor dem Tabernakel niederkniete und dann in einem Seitenschiff verschwand. Ich trat näher und blieb erschrocken stehen: dort stand ein Beichtstuhl, das junge Mädchen vom Abend vorher kniete in einer Bank davor, das Gesicht in den Händen verborgen, und am Rande des

Schiffes stand der junge Mann, scheinbar unbeteiligt, die lederne Einkaufstasche in der einen Hand, die andere lose herabhängend, und blickte zum Altar . . .
Ich hörte jetzt in dieser Stille, daß mein Herz angefangen hatte zu schlagen, heftiger, seltsam erregt, auch spürte ich, daß der junge Mann mich anblickte, wir sahen uns in die Augen, er erkannte mich wieder und wurde rot. Immer noch kniete das junge Mädchen da mit bedecktem Gesicht, immer noch stieg ein feiner, kaum sichtbarer Rauchfaden von den Kerzen auf. Ich setzte mich auf eine Bank, legte den Hut neben mich und stellte den Koffer ab. Mir war, als erwachte ich erst jetzt, bisher hatte ich gleichsam alles nur mit den Augen gesehen, teilnahmslos – Kirche, Garten, Straße, Mädchen und Mann – alles war nur Kulisse, die ich unbeteiligt streifte, aber während ich nun zum Altar blickte, wünschte ich, daß der junge Mann auch beichten gehen möchte. Ich fragte mich selbst, wann ich zum letzten Mal gebeichtet hatte, fand mich kaum zurecht mit Jahren, grob gerechnet mußten es sieben Jahre sein, aber als ich weiter nachdachte, stellte ich etwas viel Schlimmeres fest: ich fand keine Sünde. So sehr ich jetzt auch ehrlich suchte, ich fand keine Sünde, die des Beichtens wert gewesen wäre, und ich wurde sehr traurig. Ich spürte, daß ich schmutzig war, voll von Dingen, die abgewaschen werden mußten, aber nirgendwo war da etwas, was grob, schwer, scharf und klar als Sünde hätte bezeichnet werden können. Mein Herz schlug immer heftiger. Abends vorher hatte ich das junge Paar nicht beneidet, aber nun spürte ich Neid mit der innig dort knienden Gestalt, die immer noch ihr Gesicht verborgen hielt und wartete. Völlig unbewegt und unbeteiligt stand der junge Mann dort.
Ich war wie ein Kübel Wasser, der lange an der Luft gestanden hat; er sieht sauber aus, nichts entdeckt man in ihm, wenn man ihn flüchtig betrachtet: niemand hat Steine, Schmutz oder Unrat hineingeworfen, er stand im Flur oder Keller eines wohlanständigen Hauses; auf seinem makel-

losen Boden ist nichts zu entdecken; alles ist klar, ruhig, und doch, wenn man hineingreift in dieses Wasser, rinnt durch die Hand ein unfaßbarer widerlicher feiner Schmutz, der keine Gestalt, keine Form, fast kein Ausmaß zu haben scheint. Man spürt nur, daß er da ist. Und wenn man tiefer hineingreift in dieses makellose Becken, findet man auf seinem Boden eine dicke unanzweifelbare Schicht dieses feinen, ekelhaften gestaltlosen Schmutzes, für den man keinen Namen findet; ein sattes, fast bleiernes Sediment aus diesen unsagbar feinen Schmutzkörnchen, die der Luft der Anständigkeit entnommen sind.

Ich konnte nicht beten, ich hörte nur mein Herz schlagen und wartete darauf, daß das Mädchen in den Beichtstuhl treten würde. Endlich hob sie die Hände hoch, legte einen Augenblick ihr Gesicht darauf, stand auf und trat in den hölzernen Kasten.

Der junge Mann rührte sich immer noch nicht. Er stand da teilnahmslos, nicht dazu gehörend, unrasiert, bleich, immer noch auf seinem Gesicht den Ausdruck einer sanften und doch festen Entschlossenheit. Als das Mädchen zurückkam, setzte er plötzlich die Tasche auf den Boden und trat in den Stuhl . . .

Ich konnte immer noch nicht beten, keine Stimme sprach zu mir oder in mir, nichts rührte sich, nur mein Herz schlug, und ich konnte meine Ungeduld nicht zähmen, stand auf, ließ den Koffer stehen, überquerte den Gang und stellte mich in dem Seitenschiff vor eine Bank. In der vordersten Bank kniete die junge Frau vor einer alten steinernen Madonna, die auf einem völlig unbenutzten schmucklosen Altar stand. Das Gesicht der Mutter Gottes war grob, aber lächelnd, ein Stück ihrer Nase fehlte, die blaue Bemalung ihres Mantels war abgebröckelt, und die goldenen Sterne darauf waren nur noch wie etwas hellere Flecken zu sehen; ihr Zepter war zerbrochen, und von dem Kinde, das sie im Arm trug, waren nur noch der Hinterkopf und ein Teil der Füße zu sehen. Das mittlere Stück, der Leib, war herausgefallen, und sie hielt lächelnd diesen Torso im Arm. Ein armer Orden schien Besitzer dieser Kirche.

»Oh, wenn ich doch beten könnte!« betete ich. Ich fühlte mich hart, nutzlos, schmutzig, reuelos, nicht einmal eine Sünde hatte ich vorzuweisen, das einzige, was ich besaß, war mein heftig schlagendes Herz und das Bewußtsein, schmutzig zu sein . . .

Der junge Mann streifte mich leise, als er hinten an mir vorüberging, ich schrak auf und trat in den Beichtstuhl . . .

Als ich mit dem Kreuzzeichen entlassen worden war, hatten die beiden die Kirche schon verlassen. Der Mönch schob den violetten Vorhang des Beichtstuhles beiseite, öffnete das Türchen und trottete langsam an mir vorbei; wieder beugte er unbeholfen die Knie vor dem Altar.

Ich wartete, bis ich ihn hatte verschwinden sehen, dann überquerte ich schnell den Gang, beugte selbst die Knie, holte meinen Koffer ins Seitenschiff und öffnete ihn: da lagen sie alle, gebündelt von den sanften Händen meiner Frau, schmal, gelb, einfach, und ich blickte auf den kalten schmucklosen Steinsockel, auf dem die Madonna stand, und bereute zum ersten Male, daß mein Koffer nicht schwerer war. Dann riß ich das erste Bündel auf und zündete ein Streichholz an . . .

Indem ich eine Kerze an der Flamme der anderen erhitzte, klebte ich sie alle fest auf den kalten Sockel, der das weiche Wachs schnell hart werden ließ, alle klebte ich sie auf, bis der ganze Tisch mit unruhig flackernden Lichtern bedeckt war und mein Koffer leer. Ich ließ ihn stehen, raffte meinen Hut auf, beugte noch einmal meine Knie vor dem Altar und ging; es schien, als flöhe ich . . .

Und nun erst, als ich langsam zum Bahnhof ging, fielen mir alle meine Sünden ein, und mein Herz war leichter als je . . .